菲利克斯不想长大

我的时间去哪儿了

时间管理

[比] 伊芙琳・德・佛里格 / 著
[荷] 温迪・潘德斯 / 绘
姜云舒　马昭 / 译

中信出版集团 | 北京

献给爱莎

图书在版编目（CIP）数据

我的时间去哪儿了 / (比) 伊芙琳·德·佛里格著；(荷) 温迪·潘德斯绘；姜云舒，马昭译. -- 北京：中信出版社，2022.2

（菲利克斯不想长大）

ISBN 978-7-5217-3870-4

Ⅰ.①我… Ⅱ.①伊… ②温… ③姜… ④马… Ⅲ.①儿童故事－图画故事－比利时－现代 Ⅳ.① I564.85

中国版本图书馆 CIP 数据核字 (2021) 第 256315 号

Original title: Hoe maak ik tijd?
Translated from the Dutch language
www.lannoo.com

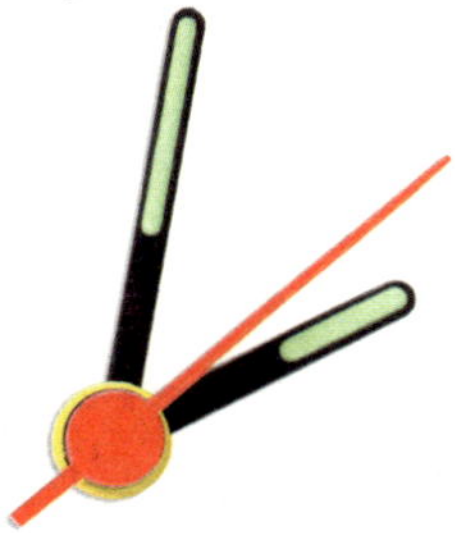

菲利克斯不想长大·我的时间去哪儿了

著　者：[比利时] 伊芙琳·德·佛里格
绘　者：[荷兰] 温迪·潘德斯
译　者：姜云舒　马昭
出版发行：中信出版集团股份有限公司
（北京市朝阳区惠新东街甲4号富盛大厦2座　邮编　100029）
承 印 者：北京尚唐印刷包装有限公司

开　本：710mm × 1000mm　1/16　　印　张：5.25　　字　数：80 千字
版　次：2022 年 2 月第 1 版　　印　次：2022 年 2 月第 1 次印刷
京权图字：01-2021-7514
书　号：ISBN 978-7-5217-3870-4
定　价：39.80元

服务热线：400-600-8099
投稿邮箱：author@citicpub.com

17:54
17:54

时间可贵，
好好浪费
斯
克利菲
证书
A
生存技能
菲利克斯
憋气、寻路、生火、看地图、
下山、爬树
一月
渡渡鸟
1669 †
1 2 3 4
5 6 7 8 9 10
11 12 13 14 15 16
17 18 19 20 21 22
23 24 25 26 27 28
29 30 31
节日快乐
祝您
节日愉快
在新的一年里
万事如意
1月
26
星期六
范·德·汉
401号
维修店
别忘了年度
检查
维特牙医

14:03

“菲利克斯，今年你得自己去丝薇姨妈家了。”

这是一个星期六的下午，菲利克斯正和爸爸妈妈一起坐在桌边。他没多想就咬了一大口炸虾饼，刚出锅的虾饼烫得要命。他觉得自己的嘴巴在着火，耳朵里冒出了烟。一个人去丝薇姨妈家？他是不是听错了？菲利克斯把炸虾饼吐回盘子里，瞪大眼睛看着爸爸妈妈。

“菲利克斯，你都这么大了，可以自己去拜访姨妈了。这也是长大的一部分。”妈妈最后的那句话让菲利克斯感觉更不高兴了。

“自己去洗头吧。”

“你去取一下邮件好吗？”

“把那些黄油蜗牛给吃了！一口吞下去就行了。”

这些话后面总是紧跟着一句：“这也是长大的一部分，菲利克斯。”

菲利克斯很快就不再想长大了。

菲利克斯和爸爸妈妈每年都会为丝薇姨妈庆祝生日。他们会一起拜访姨妈，给她送上一张贺卡和一份礼物。菲利克斯每年都不得不参与这项“任务”，而现在他必须自己去姨妈家了……

“你已经十岁了，小伙子。你能做到的。还有，吃饭的时候闭着嘴嚼。”

奶奶家的墙上挂着一幅金色的字，内容是“时间可贵，好好利用”。无论如何，上面总不可能写一句“时间可贵，好好浪费”吧？

“我没空去呀。”菲利克斯坚定地说。

“嘿，菲利克斯，”妈妈回答，“不许没礼貌。我都跟丝薇姨妈说好了，她可是很期待呢。”“可是，妈妈，我没开玩笑，我是真的没时间啊！”“是吗？那好，那就多找点时间。”

菲利克斯简直不敢相信自己的耳朵。多找点时间？他盯着妈妈看，但妈妈的表情很严肃，不像在开玩笑的样子。时间能被“找到”吗？如果可以的话，该怎么“找”呢？

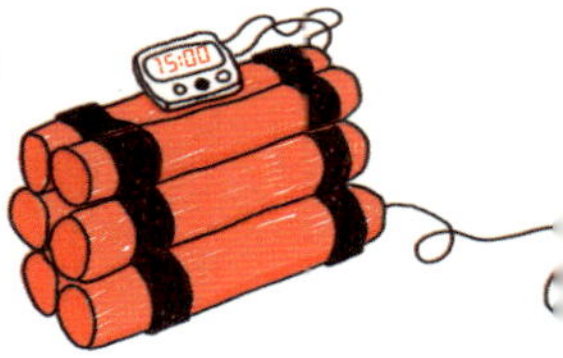

1月

26

星期六

时间=虚幻

时间是一只虚假的小兔子。你以为它是真的，便脱下手套准备抚摸它。可是，一旦你靠近，那对玻璃般的小眼睛便流露出嘲讽的神情，似乎在说：“太晚啦！太晚啦！”

没有什么能抵抗时间的流逝。

我如何找到时间呢？

这个想法像一条有毒的小虫子，从菲利克斯的脑袋里慢慢爬了出来。炸虾饼还静静地躺在盘子上呢，“小虫子”随时可能爬到上面，不过菲利克斯已经不饿了。

“找时间！我必须找点时间！”他想，“用不着找一整天，半天就够了，甚至几个小时也行。我必须把这件事做成，没有别的选择。”他的童年快要结束啦——这是妈妈昨天才说的——所以他没有时间失败了。

“对了，还有，菲利克斯……”妈妈说道，“我和姨妈说好了，让你明天过去。大概三点钟，她会在家等你的。”

“你是在逗我吧！”

“有什么好逗的！她昨天过生日，我下班之后祝她生日快乐，而你明天去拜访她。简直天衣无缝。”菲利克斯叹了口气。

爸爸端来了甜点，那是一块粗粗的圣诞树干蛋糕，被放在一个玻璃盘子里。妈妈一边舔着塑料麋鹿脚上的奶油，一边说道：“这个蛋糕还是平安夜的时候剩下来的呢。”

菲利克斯感觉自己又找到了希望。蛋糕的口感冰冰凉凉的，他被烫伤的舌头感觉舒服多了。再说现在都一月末了，还能吃到圣诞树干蛋糕，这感觉可真不错。时间的流逝或许也不是什么糟糕的事。菲利克斯从蛋糕上咬下了几棵巧克力做的小松树，让冰在嘴里慢慢融化。也许找点时间也没什么难的。

“咱们终于把那个超大的树干蛋糕给吃完了，”爸爸笑着说，“春天快到啦。”

菲利克斯吃完了小碗里的东西，带着一个想法离开了餐桌。他的舌头烫出了水泡，肚子还没吃饱，不过他总算想出了一个计划。他会找到时间的。

14:35

菲利克斯来到了爷爷的工作室。在那些陈旧的文件之间，他能更好地思考。再说就算菲利克斯把这里弄得更乱一点儿也没什么关系，因为没有人会来这里，除了菲利克斯、甲虫和蜘蛛。

找点时间！

可是该怎么找呢？菲利克斯毫无头绪。他试着思考关于时间的事情，但他的脑袋里仿佛充满了乱糟糟的羊毛或者棉花，总之不是大脑——或许那些滑溜溜的物质才适合用来思考时间这种会从指尖滑走的东西。

此时他的脑海里浮现出几个列表。这个办法是妈妈教的，每天都会帮到他。

关于美好时光的列表

- 100米短跑的18秒
- 世界常识小测验的1分半
- 清空洗碗机的45秒
  (至少会弄碎一个杯子)
- 连续运球的27分钟
- 看电视的3.5小时
  (没劲，在这之后就更没劲了)

关于浪费时间的事项列表

- 花一个下午挖鼻孔，而不是把鼻涕一次性全擤出来

- 洗澡（事实上，所有在浴室里花掉的时间都属于浪费）

- 上学（课间除外）

- 写作业

- 等待电脑开机

- 配鞋带而不是魔术贴（粘扣带）的鞋子（真不明白他们为什么还要生产这种鞋，也搞不懂为什么妈妈们还要给大家买这种鞋，而且每次脚变大了都要买新的）

- 睡觉（每天你要花费三分之一以上的时间做这件事，也就是说，等你十岁的时候，你已经在这上面浪费了超过三年的时间）

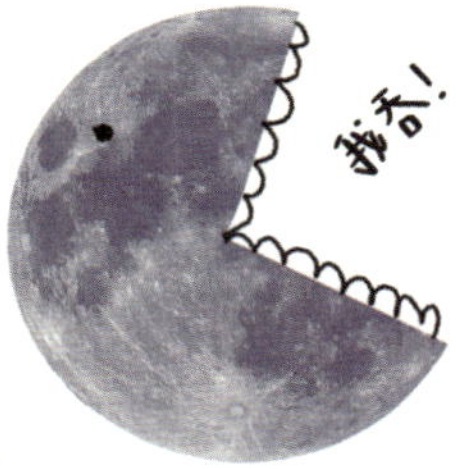

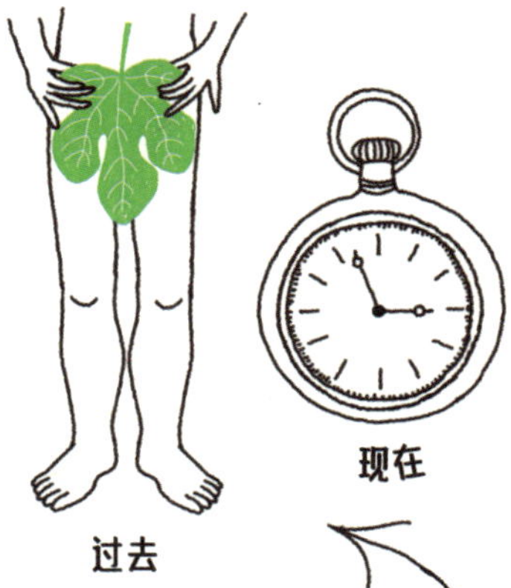

关于有很多时间的人的列表

- 婴儿，但是他们几乎永远都在睡觉。

- 一群头脑空空的傻蛋！

- 那些生活在还没发明时钟的时代的人们，不过那时候他们连内裤都不穿。所以问题是，他们真的能把自己洗干净吗？

- 流浪汉：他们每天都能睡到自然醒。

- 囚犯：他们确实有时间，可惜没有到处走的自由。

- 老人，不过他们剩的时间其实也不多啦。

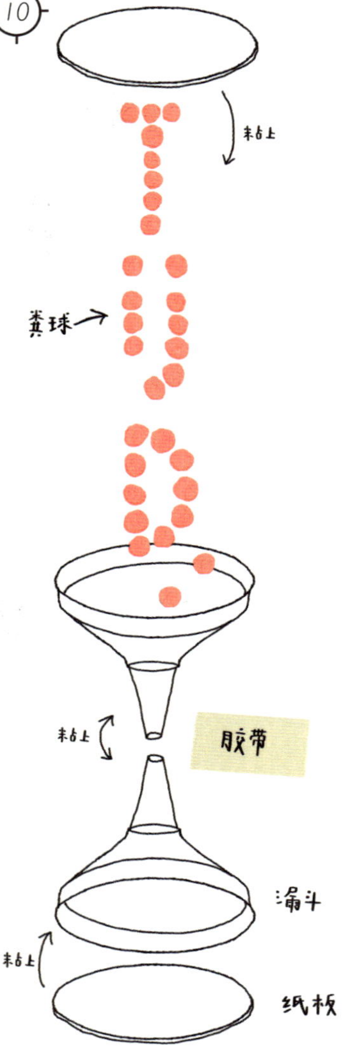

菲利克斯忽然灵光一闪。爷爷！爷爷知道关于时间的一切。他虽然已经过世一年了，但仍然喜欢什么事都掺和一下。正因为他已经过世了，所以他觉得什么事都很有趣。想事情时，菲利克斯总能在脑海里听到爷爷的声音，听得耳朵都快要起茧子了。

“这样啊，孩子，”菲利克斯又听见爷爷的声音了，“你想找点时间是吧？”菲利克斯点点头。你什么都不用对爷爷解释，他就能明白你的意思。

“要不咱们做个日晷吧？”

“今天没有太阳啊，爷爷。”

“那就做个沙漏吧？它也是用来计算时间的。不过咱们不往里面放沙子，而是放一些更大的颗粒，很大的那种。”

“这是为什么呢？”

“这样时间就会变慢了。”爷爷回答。

“但那并不是真的变慢了吧？”

“确实不是。不过是不是真的并不重要，只要你心里觉得是真的就行了。”菲利克斯和爷爷看着颗粒慢慢滑过沙漏的颈部，有时会有一个颗粒卡在中间。“哎呀，时间停止了。”爷爷开着玩笑。

然而，那个问题始终盘旋在菲利克斯的脑海里：

我该如何找到时间呢？

反正肯定不是这样，菲利克斯想。

“爷爷，咱们这样做一点用也没有！”

“我还以为这就是你要的效果呢。不过，好吧，我现在有了个新想法。”

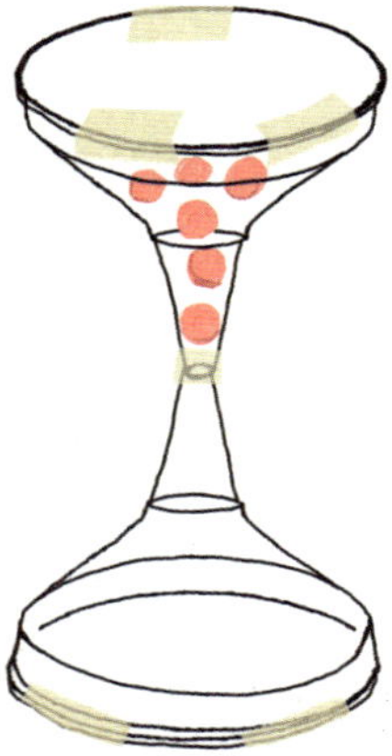

时间放慢器 1号

15:11

“菲利克斯？你在里面吗？”

妈妈站在门口，似乎并不打算继续靠近菲利克斯，以及那些甲虫和蜘蛛。她给了他一些东西。

“拿着！去做张贺卡吧，丝薇姨妈很期待呢。”

丝薇姨妈每年都想要一张手工制作的生日贺卡。她自己没有孩子。她觉得只有一点值得遗憾：孩子们会制作那些“可爱的、糟糕的卡片和图画”，而没有孩子就意味着没有这些能挂在墙上的东西了。在她心中，狗和猫的方方面面都比小孩好，除了它们不会制作那些糟糕的图画。

她还曾经把一张纸和一罐制作手指画用的颜料放在她的小狗面前，期待它搞出来一些能挂在墙上的东西。然而小狗只是闻了闻颜料，就潇洒地用自己温暖的尿液把纸淋了个遍。

哎！菲利克斯扫了一眼工作台上的卡片。

信封上写着大大的“丝薇姨妈”，那是妈妈漂亮的笔迹。卡片上还是空白的。菲利克斯拿过卡片，在上面飞快地涂鸦着：

“孩子，你写的字怎么跟狗爬一样，”爷爷抱怨道，“你那所学校难道什么都不教吗？我们那时候可不这样……”菲利克斯发出了咯咯的

笑声。

“哦，我明白了。你是故意把字写得这么丑，把图画得这么难看的。要是从这个角度说，你干得可真不错！而且这样也不会浪费太多时间。”

“那是！不过我得去拜访丝薇姨妈了。这才是真正浪费时间的事呢！”

“那你把卡片塞进信箱不就得了。”爷爷回答。

“那可不行。我必须和她聊聊天。我爸妈说这也是长大的一部分。”

爷爷露出了难以置信的表情。“你可以在一生中浪费那么个几秒钟，但是他们竟然让你浪费整整一个下午？这也太过分了。别说一下午了，就是一分钟也太多了。”爷爷非常清楚状况。而且幸运的是，爷爷还十分聪明。

“你用非常快的速度聊天怎么样？”爷爷说。

“那是什么意思？”

“你该说话就说话，但是要用一种比平时更高效的方式。省略所有不必要的词，比如问候语。你打算说点什么来着？”

“呃……‘下午好，丝薇姨妈，还有，生日快乐！’类似这种？”

“好哇。现在咱们把这些话缩短点。‘下午好’说成‘下午’就行了，因为你显然不希望她度过一个糟糕的下午。然后‘下午’说成‘午’就行，毕竟她还没有老糊涂到连那时候是下午都不知道。‘丝薇姨妈’？她知道自己是你的姨妈，她也知道自己叫什么名字，所以这几个字都不用说。像“还有”这种词还是删掉的好，毕竟它们什么意思也没表达。‘快乐’？这个词很多余，你当然不希望她的生日不快乐啦。然后还有个‘生日’，哎呀，她这个年纪的人不喜欢别人提醒自己又过了一个生日。现在还剩什么啦？一个词，简明扼要：‘午’。”

“太厉害了！”菲利克斯想道，“真不愧是爷爷啊。”

“嘿嘿，不过咱们还可以更进一步。比如把形容的词都省掉，这都是浪费时间的东西！说话的时候尽可能只留最重要的字。”

“我做不到呀，爷爷。”

“来吧，没有什么事情是你做不到的。咱们来练习一下。试着说说这句话：‘今天天气不错，但是有一阵冷风。’”

菲利克斯把这句话一字一句地重复了一遍。

“嘿，菲利克斯，难道你的舌头上住着蜗牛吗？”

他又重复了一遍，不过这次的速度很快。

“我说啦，要省略一些词。”

“今天天不错，但冷。”

“再来一次，还是太长了。”

“天不错，但冷。”

“再来一次，你可不想花上几个小时跟姨妈喝咖啡聊天吧？”

“天冷。”

“再来一次。差不多了。”

“冷。”

“就是这样！”爷爷为菲利克斯鼓掌。或许这就是答案了。菲利克斯简直无法相信自己一直以来说话的速度有多慢。他欣喜若狂地关上了门。外面很冷，但他心里暖洋洋的。或许所有这些词都能被省略？

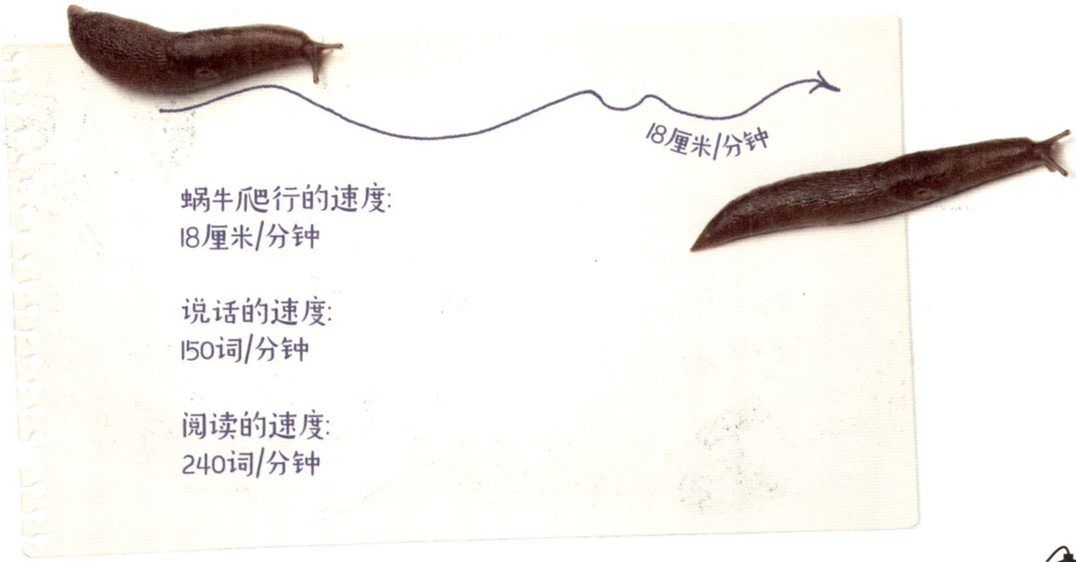

15:46

妈妈正在洗衣服，她双手都被泡沫覆盖着。菲利克斯兴高采烈地冲进家里。

“太棒了！”他说。

“把门关上！”妈妈喊道。

菲利克斯一声不吭。爷爷告诫过他：“如果你无话可说，那就什么都别说！”

然后他再次发言：“超级好消息！”

“菲利克斯，你把话说清楚点。”

“超！ 消！”他快速说道，好像一辆疾驰而过的车。

“菲利克斯，我都跟你说了多少次了：咬字要清晰！还有，趁眼镜店还没关门，你赶紧去一趟。我的眼镜已经修好了。”菲利克斯正在用闪电般的速度说话，而妈妈对此唯一的反应居然是让他“咬字清晰”？

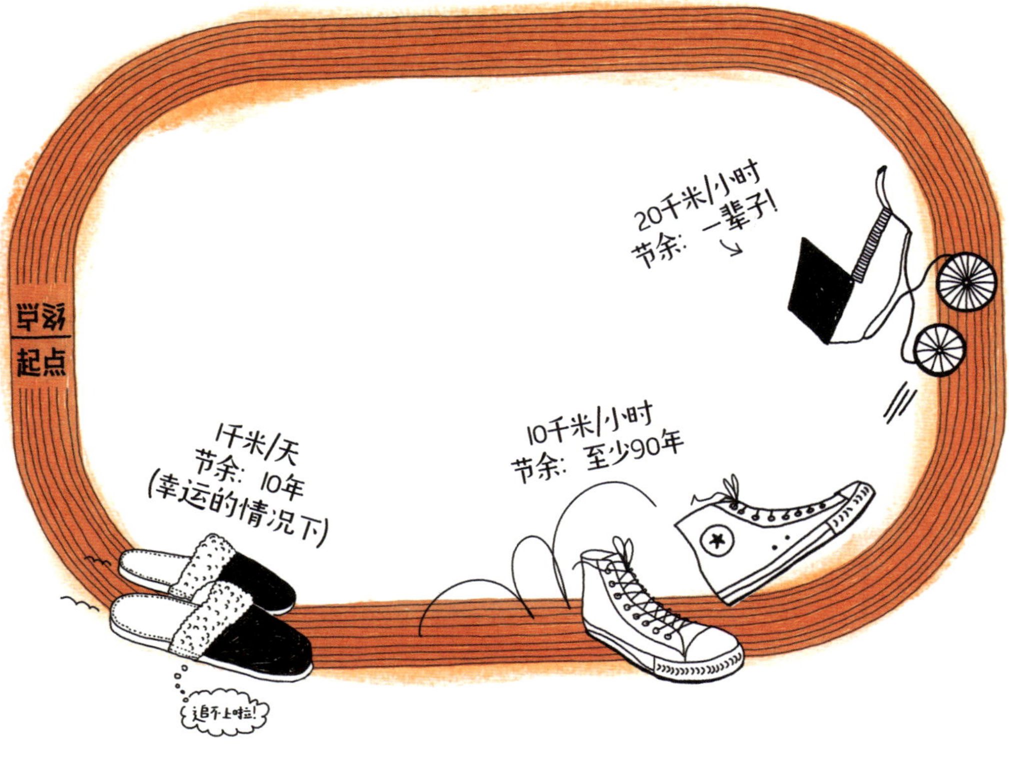

“你自己去吧。”他说。

“年轻人，我就当什么都没听见。别闹别扭啦。还在因为拜访姨妈的事情不高兴吗？”

菲利克斯嘀咕了一句没时间什么的。

“没时间？菲利克斯，你现在有什么好抱怨的呀。时间对你还很友好呢，它对我们这些年龄大的人可就没什么同情心啦。等你长大了，时间会过得越来越快的。好好想一想吧。”菲利克斯耸了耸肩。

“你这孩子，菲利克斯。想想你姨妈的优点啊。”

菲利克斯立即在脑子里列出了一个单子。

丝薇姨妈的优点列表

1) 水果。她喜欢水果，这点和菲利克斯一样。
不过她总爱说：“要不要我再给你‘杀’一个小苹果？”
如果爸爸妈妈在旁边，这句话听起来可能还挺
好笑的，但是换成他一个人呢？

2) 紫色。这是丝薇姨妈头发的颜色，也是菲利克斯最
喜欢的颜色。

3) 还有什么???

妈妈不喜欢他说姨妈的头发是紫色的，尽管没什么别的词能形容那种颜色了——或许说葡萄紫也行？所有人都在讨论姨妈的头发。菲利克斯问过他能不能也把头发染上颜色，但妈妈根本不同意。菲利克斯简直无法把自己的目光从姨妈的头顶移开。“你瞅什么哪？”丝薇姨妈总是这么问。

菲利克斯还是高兴不起来。毕竟这个列表太短了，起不到太大的安慰作用。

丝薇
姨妈
第一部分
发色：紫罗兰色
茄紫色
葡萄紫色
紫色！
极其懒洋洋的眼睛
水果爱好者
骨瘦如柴
时间并不太准
女“杀”手

16:07

菲利克斯的妈妈把毛巾束发带绑在湿漉漉的头发上，看着爸爸切着菜，准备做汤。接着她的眼里泛起了泪光。那张生日贺卡放在切碎的洋葱旁边。

她侧过头说道：“嗯，就是这样，很好，我真的很高兴你做了这张贺卡。丝薇姨妈一直很喜欢这些卡片。毕竟一个人还是会感到孤单的，对吧。”

“她到底为什么要一个人生活呢？”菲利克斯觉得独居生活的人挺奇怪的。

“她只是从没遇见适合生活在一起的人。有的时候就是这样的。不过，现在她也不适合再找一个人了，她只想一个人生活。”

菲利克斯和他的爸爸别有深意地对视了一眼。

“两位男士！如果你用心体会，你会发现她其实是个很好的人。”

爸爸努力摆出一副严肃的表情说：“她现在也没那么不友好了，对吧？”

她确实没“那么”不友好，不过有一点点不友好。她的样子谈不上十分丑陋，但确实挺难看的。把她称作女巫就太夸张了，不过“姨妈”这个词和她也不太般配。她只比她的妹妹（菲利克斯的妈妈）年长几岁，但菲利克斯总是忘记这个事实，因为她看起来至少比妈妈老上三十岁。她的脸非常瘦，你可以看见她的皮肤紧紧包着高高的颧骨，仿佛那些骨头要突出来似的。她的上身也瘦骨嶙峋，如果你愿意，你甚至可以数出她有几根肋骨。要是她全身都这么瘦，你或许还能说一句她身材苗条。可惜她的下半身特别庞大，根本和瘦扯不上关系。她的臀部像海牛一样。她的脚踝非常肥厚，都在鞋子上面堆起褶子来。她总是穿着超大号的裙子，简直可以被称之为“帐篷”。

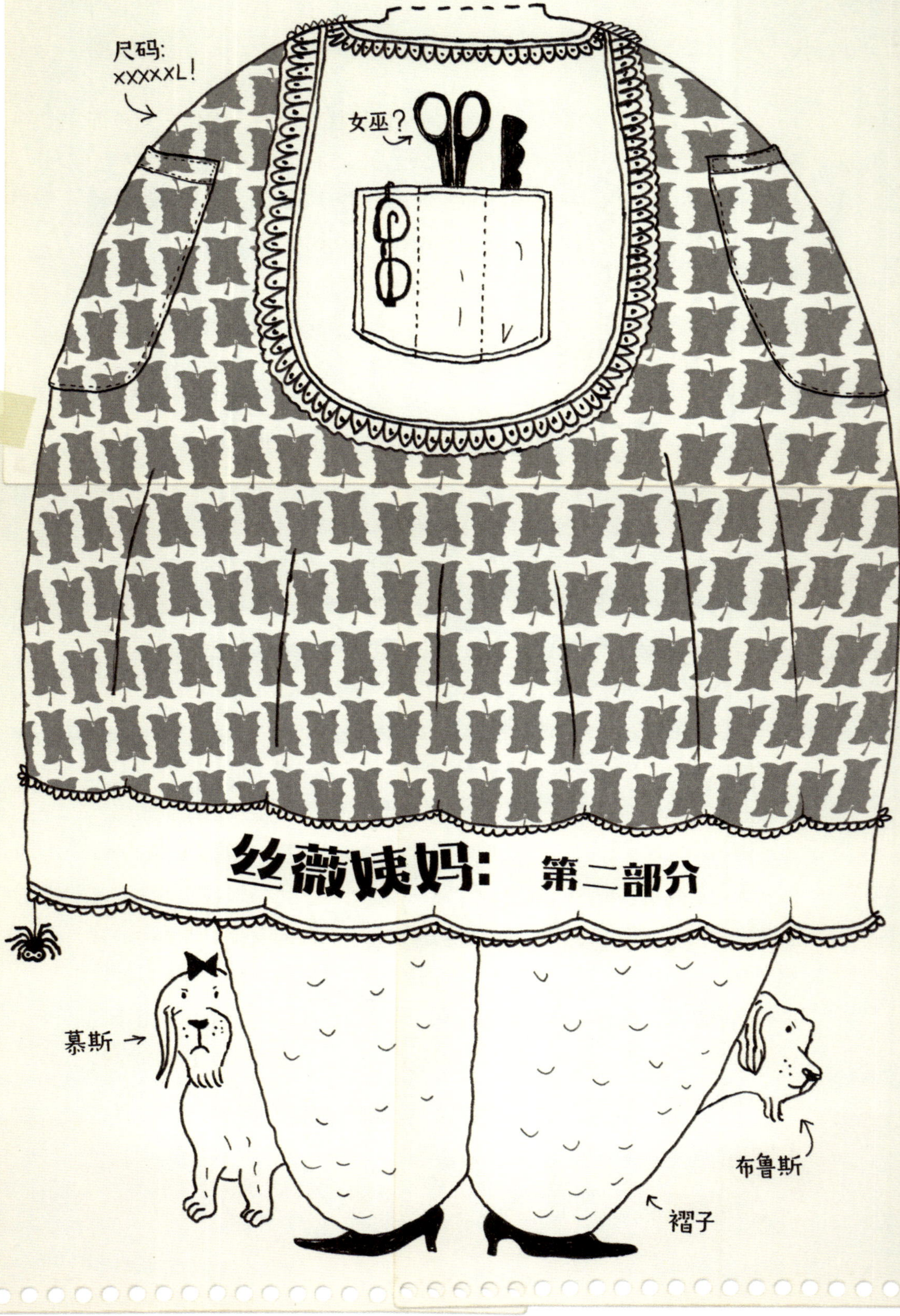
尺码:
XXXXXL!
女巫?
丝薇姨妈: 第二部分
慕斯
布鲁斯
褶子

她整个人看起来像是两个不同的身体拼接而成的，就像一只被部分放大的可怕昆虫。没有人能愉快地和她坐在一起喝茶，更别说和她结婚了。

“你们为什么就不能和我一起去呢？”菲利克斯又试着问了一遍。

“不行，你必须自己去。”妈妈回答，“这才是最关键的一点。我们本来就经常去拜访她。现在你得从头学起。”

“我是不是还必须去一趟图书馆啊？”菲利克斯还开得出玩笑。

“自己坐电车去姨妈家。你知道从哪儿下车吧，咱们已经一起坐过好多次了。然后找到正确的房子按门铃，拜访姨妈。时间不用太长，一个小时就够了。”

“一个小时！”

“没错，不能再短了，听到没有？要不然不礼貌。一个小时的拜访而已，都这么大的孩子了，你肯定没问题的。”

这么大的孩子？“妈妈，我才十岁啊。”

“没错，我就是这个意思。我们十岁时会干的事可比你多多了。”

你要是相信爸爸妈妈说的话，他们就会告诉你：他们在你刚刚学会自己擦屁股的年纪就已经发明炸肉丸机了。

菲利克斯的爸爸用鼓励的眼神看着他，说道：“我相信你。”菲利克斯觉得这句话比他妈妈的话还要糟糕。

不过妈妈很快就打破了这个纪录。“我给你一块钱作为奖励。”她说，“要不，给你一张纸币吧！一百块，怎么样？好好想想，你能用这些钱买好多东西呢。”

他感觉到一张百元钞票在他深深插在兜里的手心嘎吱作响，就和每年一样。他心想：“他们竟然还在用这种办法‘贿赂’我，真是大错特错！”他根本不在乎钱，更别说是这种用沉重代价换来的钱了。

“钱，又是钱！我想要的是时间！”他大叫道，砰的一声关上了门。

16:44

菲利克斯坐在书桌前，摊开了学校的记事本，扫视着这几周的计划。

时间过得真快，现在已经是一月底了，但是他仿佛昨天才刚刚听见新年烟火的爆炸声。如果第一个月份是这么过去的，那后面的十一个月可能会过得更快。菲利克斯觉得月份这东西就像糖果。十二颗糖果排成一列，看起来很多，好像永远也吃不完似的。但是一旦你嘬完第一颗，剩下的十一颗就会在不知不觉间消失得无影无踪。

“是的，我没时间用来浪费，”菲利克斯想道，“浪费一天不行，浪费一分钟也不行！”

他的记事本上只有五个工作日的内容，好像时间在周五之后就停下了，直到周一才开始继续流逝。“我为什么只记学校的事儿呢？”菲利克斯心想。

他真正需要的记事本应当包含一周里的每一天，包含每一个节假日。这个本子肯定会写得满满当当，让人看了觉得眼睛疼。菲利克斯找了一张纸，开始往上写东西。他要用白纸黑字向妈妈证明自己真的没有多余的时间了。

他写道：

星期一：画画 + 家庭作业

星期二：视唱练习 + 家庭作业

星期三：篮球

星期四：家庭作业 + 视唱练习

星期五：篮球

星期六：爸爸妈妈（因为爸爸妈妈总是在星期六组织一到三个活动……）

星期天：童子军活动。

童子军活动？

他一把抓起了桌上的纸，拿着它冲向客厅，嘴里高喊着：“童子军！明天有童子军活动！我没法去丝薇姨妈家啦。”

爸爸妈妈无动于衷地看着他：“明天没有童子军活动了，你忘啦？”

菲利克斯一个字一个字地消化着这句话。没、有、童、子、军、活、动、了。

他没忘，不久之前还记得呢。不过他刚才确实把这事给忘了。

现在他又想起来了。没有童子军活动了。他溜走了，像一头被驯化的熊精疲力尽地溜进了自己的笼子。

“你没忘了我眼镜的事儿吧？”妈妈的声音从厨房里传来。她跟上菲利克斯，把一张收据和钱塞给了他。“去完眼镜店马上到彼得那儿。咱们应该早点儿出发的，他们跟咱们约的六点。”

菲利克斯穿上外套，气呼呼地走上街。他的脚可不知道什么是营业时间。现在已经快六点了，但他仍然拖拖拉拉地走着。

菲利克斯想道：“我什么事都能做到。”

但是找到时间呢？我能做到吗？

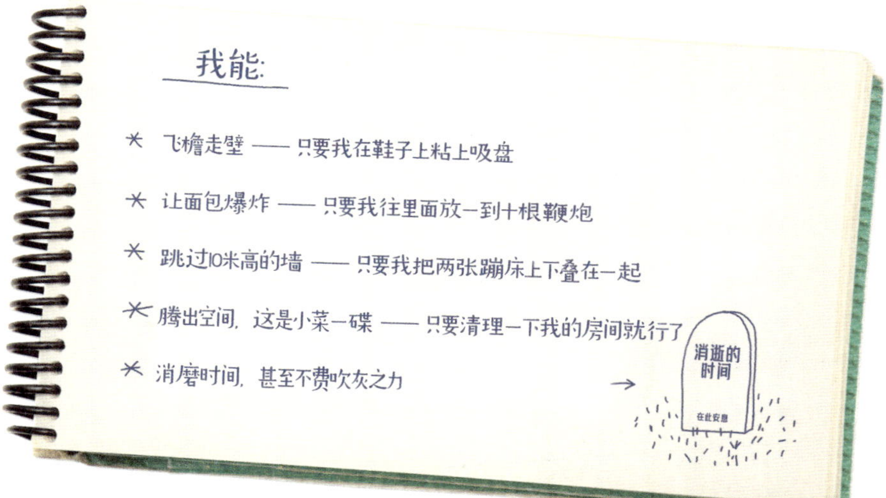

1月 21 星期一 21日

画画

家庭作业：交通课第6章

和沃特一起出去

星期二 22日

体育课

星期三 23日

地理：欧洲的首都城市

篮球

满月

菲利克斯
拜访
服务

地址

时长	项目	价格	€
一小时	拜访丝薇姨妈		100€
	额外收费项目：吃放软的饼干		
	额外收费项目：喝没有气泡的汽水		
	额外收费项目：吃可怜的水果		

增值税率 ______ %

期 小计

011年1月26日 菲利克斯

总计 100€

3-330596

35990050

您是否希望在退换货时携带本购物收据？

不支持换货或退款！

第1周

24日
星期四 24

四点：视唱练习

家庭作业——历史课第5章

25日
星期五 25

电话：06-4216132

篮球！

→奶奶

26日
星期六 26

零花钱

✗爸爸妈妈（唉……）

✗去彼得那里

27日
星期天 27

拜访丝薇姨妈

童子军活动

17:54
17:54

17:54

当菲利克斯按响眼镜店的门铃时，柜台下面传来了一声大叫：“我们马上要关门啦！”

菲利克斯赶紧往声音的方向走去。

“我就是来取个眼镜。”他一边挥着妈妈给他的收据一边说。

“哦，但是我们店已经关门了。”

“可是门还开着呀，”菲利克斯委屈地说道，“再说现在还没到六点呢。”他必须拿到眼镜，要不然妈妈就知道他走得超级慢了。

“嗯，那倒是。”那个声音答道，听起来仍然是从柜台下传来的。

菲利克斯环顾四周。他来过这个商店好几次了，不过现在里面的东西看起来比以前多多了。这里不仅修眼镜，还修鞋子、皮带、钥匙、书包和钟表。菲利克斯又咳嗽了一声。

“嗯？谁呀？”那个声音问道。

“我……呃……来取眼镜的，我带了收据。”

“收据上写的什么？”

“一个数字。”

“是多少？”那个声音听起来很不耐烦。

“401。”菲利克斯快速读道。

“对不起，我们今天最多接待400人。”

菲利克斯简直不敢相信自己的耳朵。最多400人？

随着一阵咯咯的笑声，一个男人出现了。至少可以说：出现了一半，因为他正坐着呢。

“开个玩笑，”男人说道，“给，你的眼镜。或者说……让我猜一下，你妈妈的眼镜？”

菲利克斯点了点头，把一百元纸币放在了柜台上。

“不要钱，”男人说道，“这连一项工作都算不上，我只是拧紧了一个螺丝。”他指了指自己拧了哪个螺丝。

“你大概以为大家都能自己拧螺丝，可惜事实并不是这样的。他们希望我来帮他们干这事。那好吧，但我也不必为了拧个螺丝就到处收钱。”

菲利克斯瞅着这个男人。他为什么一直坐着呢？男人似乎看穿了菲力克斯的想法，便从柜台后面“滚”了出来——原来他坐在轮椅上。

“下午好。要是你没什么别的要紧事，我现在可要关门啦？”

他从头到脚打量着菲利克斯。

“你要配钥匙吗？”

菲利克斯摇了摇头。

“你想修表？还是要在皮带上打孔？你带了一百块呢，这么多钱真的可以让我帮你做很多事啦。”

“时间，”菲利克斯想道，“就是它了。”

“你肯定有事，我看出来啦！我的腿不好使，但是我的眼睛好得很。孩子，我能帮你什么忙吗？我很乐意帮你。”

“你不是要关门了吗？”

“嗨，晚点关门也无所谓的。你说吧。我什么都会做。”

“找时间。”菲利克斯说道。

男人在这拥挤不堪的店中唯一一处自由空间里绕了一圈。“我没法给自己做一条新腿，但别的什么我都能做。这是我的招牌口号。好啦，你想让我做什么？”

“找点时间。”菲利克斯又重复了一遍。

“哦，现在还不到时间呢，我都跟你说过啦。我想什么时间关门，我自己说了算。”

“我的意思是，多找点时间。你可以找点额外的时间让我带走吗？”

坐在轮椅上的男人瞥了一眼他。“现在给我听好了，小家伙。就算你腿脚灵便，也不代表你能拿我寻开心。多找点时间？开什么玩笑！”

“为什么呀？”菲利克斯问，“这有什么不可能的吗？”

“就是不可能。”男人回答，“我来给你讲讲为什么吧。因为时间是不存在的。就是这样。没有别的事了吧？我现在要关门了，到时间了。”

“可是……你刚刚还说时间是不存在的呢。”

“没错，时间是一个词，人们闲着没事的时候想出来的一个词。他们还想出来了‘小时’这个词，还有‘二十四’。你明白了吧？难道二十还不够吗？数二十个数可是容易多了！”

时间消失的时钟

走时缓慢的时钟

吃苹果的时间

采用夏令时的时钟

时间炸弹

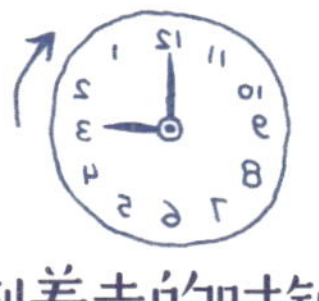

倒着走的时钟

菲利克斯不好意思地笑了笑。其实他想出去了，但是那个男人正站在过道中央。

“我还挺好奇的，你觉得我会怎么帮你多找点时间呢？”菲利克斯耸了耸肩。

“在时钟上加一些数字吗？”菲利克斯试图朝着门口走了一小步，但男人并不想让他离开。

“每分钟之后停一会儿吗？”那个男人是在嘲笑他吗？

“或者把你扔到另外一个时区？一个比咱们这早一点的时区？”

“我现在必须回家了。”菲利克斯说。

“嚯嚯，别那么着急嘛，小伙子。现在走可不行——既然你已经说了个开头，怎么能不说到尾呢。”

“尾。”菲利克斯说。

“别逗啦，先说说你的名字吧。然后我把它刻在一个地方，你可以趁着那会儿给我讲讲你的时间计划。”

就在此刻，所有布谷鸟钟、老爷钟、座钟、无线电时钟、摆钟和挂钟同时响了起来。一共响了六次，声音震耳欲聋。一只布谷鸟钟挂在墙上，但里面跳出来的却不是一只小鸟，而是一个小男孩。他带着灿烂的笑容不停跳进跳出。而男人似乎什么都没注意到。

“那个钟是不是坏了？”菲利克斯问道。

“那是汉赛尔与格莱特（《格林童话》中的两个人物）的钟。格莱特之前从支柱上面掉下来了。从那以后汉赛尔就一直不停地跳，好像在找她一样。不过还是先把你的名字告诉我吧。”

“你说的是真的吗？”菲利克斯问道。

“当然不是啦。你都这么大了，难道还相信童话故事吗？”

“那你为什么不把那个钟修好呢？”“我这不是正鼓捣呢嘛，看看怎么把格莱特粘在上面。毕竟没有她的话钟就坏啦。

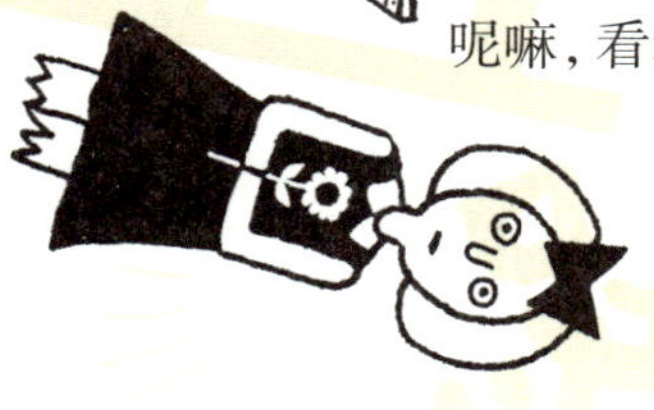

好了，快告诉我你到底叫什么！”

“菲利克斯。”

男人露出了微笑：“谢谢。这个名字真不错，它的意思是‘幸运’，你知道吧？”

菲利克斯知道自己名字的含义。他的出生贺卡上面有一片四叶草。

“不过我个人认为它更像个猫的名字。等一下，我去把灯关了，要不然还会有客人进来。”

忽然，一切都陷入了黑暗之中。但是过了一会儿，菲利克斯的眼睛就习惯了黑暗，他看到所有的电子钟都像萤火虫一样发着光。菲利克斯其实是想走的，但是这店里有些东西在吸引着他。“如果能在什么地方找到时间的话，就是这里了。”菲利克斯心想，他必须尝试一下。

这时，男人也拿着一支激光笔忙个不停。“讲讲你的事儿吧。”男人大声喊道，声音盖过了他的雕刻机发出的噪声。

菲利克斯看着男人把他的名字刻在了妈妈的眼镜腿内侧。

“嘿，”菲利克斯说，“我可没让你做这个，她肯定也不愿意把我的名字刻在她的眼镜上。”

“别担心。每个妈妈都愿意读到儿子的名字，刻在眼镜上的也一样。你还是给我讲讲你疯狂的计划吧。”

“没有什么计划。”菲利克斯喊道，“我想多找点时间，但我没什么计划。”

“那你想要用这些时间做什么呢，小疯子菲利克斯？”

菲利克斯惊恐地看着那个男人。小疯子菲利克斯？他转过身想要往门口走，但他意识到自己还没拿上妈妈的眼镜。那个人继续忙活着，差不多快弄完了。菲利克斯看着最后一个字母出现在眼镜上。啊，他终于可以回家了。但他的愿望落空了，因为这个男人现在又开始在另一个眼镜腿上继续刻字。

“嘿，你在干什么呢？”

“我再往上写点儿东西，是给你妈妈的。你是在为了她找时间吗？那的确很适合当礼物。”

菲利克斯只想拿着眼镜赶紧回家。妈妈肯定会因为眼镜上刻了字而生气的。他读着眼镜上面的字：幸福的菲利克斯。

他试图伸出手拿过眼镜。

“确实哟……”然而男人并没有把眼镜给菲利克斯，而是握了握他的手说道，“咱们还没有正式问候过对方呢。我叫歪。”

“歪？这个名字是什么意思？”

“你得先回答我的问题，小疯子菲利克斯。”

“别这么叫我，我不喜欢这个称呼。”

“抱歉啦。那我就还叫你菲利克斯吧。不过我有一个条件：你得告诉我你为什么想多找点时间。”这时汉赛尔终于不再从钟表里跳出来了。菲利克斯对此感到很高兴，因为它真的很令人心烦意乱。

“好吧。我想多找点时间，是因为我的时间很少。还因为我得用自己本来就很少的时间去拜访丝薇姨妈。整整一个小时！”

“兹薇姨妈？”歪试探地问道，“我能和你一起去吗？”

“是丝薇，”菲利克斯说，“不行，你不能一起去。当然不能。你肯定是疯了吧？”

“为什么不行？”歪问道。

“就是，丝薇姨妈不太喜欢小孩子。”

“哦，可我不是小孩子，嗯？虽然我只到你胸口那么高。”

“我也没说你是。”他开始厌倦这个男人了。“你名字怎么这么奇怪？”

“歪这个字来自‘歪疼[1]’。不过我宁愿不要想起那种疼。”

“什么疼？”

“我刚才说过了。歪疼的疼。为了方便，我让别人叫我歪。”

---

1. 荷兰语中 pepijn 指的是人名“歪平”，其中 pijn 又有“疼痛”的意思。为方便中国读者的理解，译为“歪疼”。——译者注

“他肯定是撞坏脑袋了，”菲利克斯心想，“虽然外表上看不出来，但是里面肯定有什么东西坏掉了。”

“哦，这么说，你还是相信童话故事的。”

“为什么这么说？”菲利克斯问。

“你那样子好像你姨妈是个女巫一样。她到底有什么不好的？”

菲利克斯仔细想了想。丝薇姨妈到底有什么不好的？太多了，他都不知道该从哪儿说起。比如她的饼干吧。这些饼干已经放了很久，但是又没久到能让你把它们吐出来的程度。它们不再香脆可口，而且吃起来有一点点像肥皂——这或许已经是形容这些饼干最客气的说法了。还有她的汽水。它们已经不再冒泡了，而且它们来自菲利克斯闻所未闻的品牌。她的汽水尝起来也有一点点像肥皂水。你或许会由此推断出丝薇姨妈非常爱干净，但事实并非如此。什么都有可能像肥皂，唯独她的房间一闻就知道并非经常用肥皂清洁。还有她懒洋洋的眼睛。有时她的一只眼睛会停在一个方向不转动，于是就会出现这样的景象：在同一个时刻，她既在看着你，又没在看着你。还有她的狗，慕斯和布鲁斯。这两个小家伙总是用充满怀疑的眼神盯着你，好像你吃了它们的饼干一样——虽然这可能的确是事实。菲利克斯耸了耸肩。可以说的东西实在太多了。

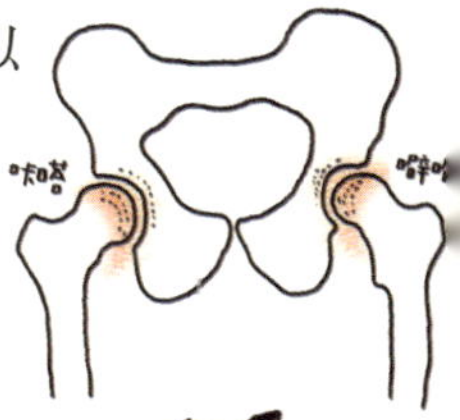

“你甚至想用魔法来逃离那个女巫。”丕咧嘴笑道。

“我可没这么说！”

“哦，难道我说错啦？你以为不用超自然的力量就能找到时间吗？小小的、愚蠢的小疯子菲利克斯！”

现在菲利克斯真的想回家了，无论能不能带上那个眼镜。丕满口空话，却起不到什么别的作用。他或许真的是这座城市里最聪明的“哈利·波特”，但他并不能找到时间。

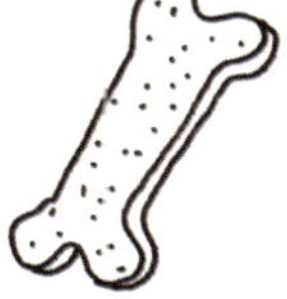

“抱歉，我刚才说话有点过分了，”丕说道，“但我确实会帮到

你的。”菲利克斯充满怀疑地看着他。

“不骗你。我确实没法帮你找到时间，但是我可以保证这次拜访会很快结束，就像根本没有发生过一样。”

“可是怎么做到呢？”

“兹薇姨妈有时钟吗？”

“是丝薇。是的，她有一个钟。你怎么知道的？”

“所有讨厌的姨妈都有一个很大的老爷钟。你懂的，我这里每天都会收到一大堆这种东西，摆得满地都是。”

菲利克斯突然想到了丝薇姨妈最糟糕的一点是什么了。她的老爷钟。那是一个巨大的钟，会发出很响的嘀嗒声。而且它每隔一刻钟还会发出一阵短促的响声，提醒你自己刚刚又浪费了十五分钟的生命。每过去一个小时，它还会发出一阵令菲利克斯打冷战的声音。那声音倒不是很大，相反，它很小，而这使它显得更加可怕了。尽管他每年只会听到一两次，这种声音也足以令他终生难忘了。

“好吧，丕。你到底打算怎么办呢？”

“很简单。我给你讲讲那个钟的工作原理。你进到你姨妈家里，然后立刻去找齿轮装置。把那个钟调快一小时左右，然后就说你必须赶紧回家了，和你见面真愉快什么的。记住了，要表现得贴心一点。”

“她肯定还有别的办法来知道时间的。”

“等她发现的时候，你已经从她家出来了。咱们开始吧？先选个钟，像你姨妈家的那种。”

“可是，等一下，”菲利克斯说，“我怎么做到动她的钟而不被她发现呢？”

“用一只小猫就行。”丕十分淡定地回答。

一只小猫？

“谢谢你的主意，”菲利克斯说，“我得回家了。”

“嘿，孩子，别这么急着说再见啊。明明咱们都计划好了，结果你现在要让所有努力都白费啦？”

菲利克斯在心里叹了口气，这个丕快把他弄疯了。

“听好了。有时你就是需要一只小猫才能完成计划，这可是铁律哟！如果大家都记得带只小猫的话。”

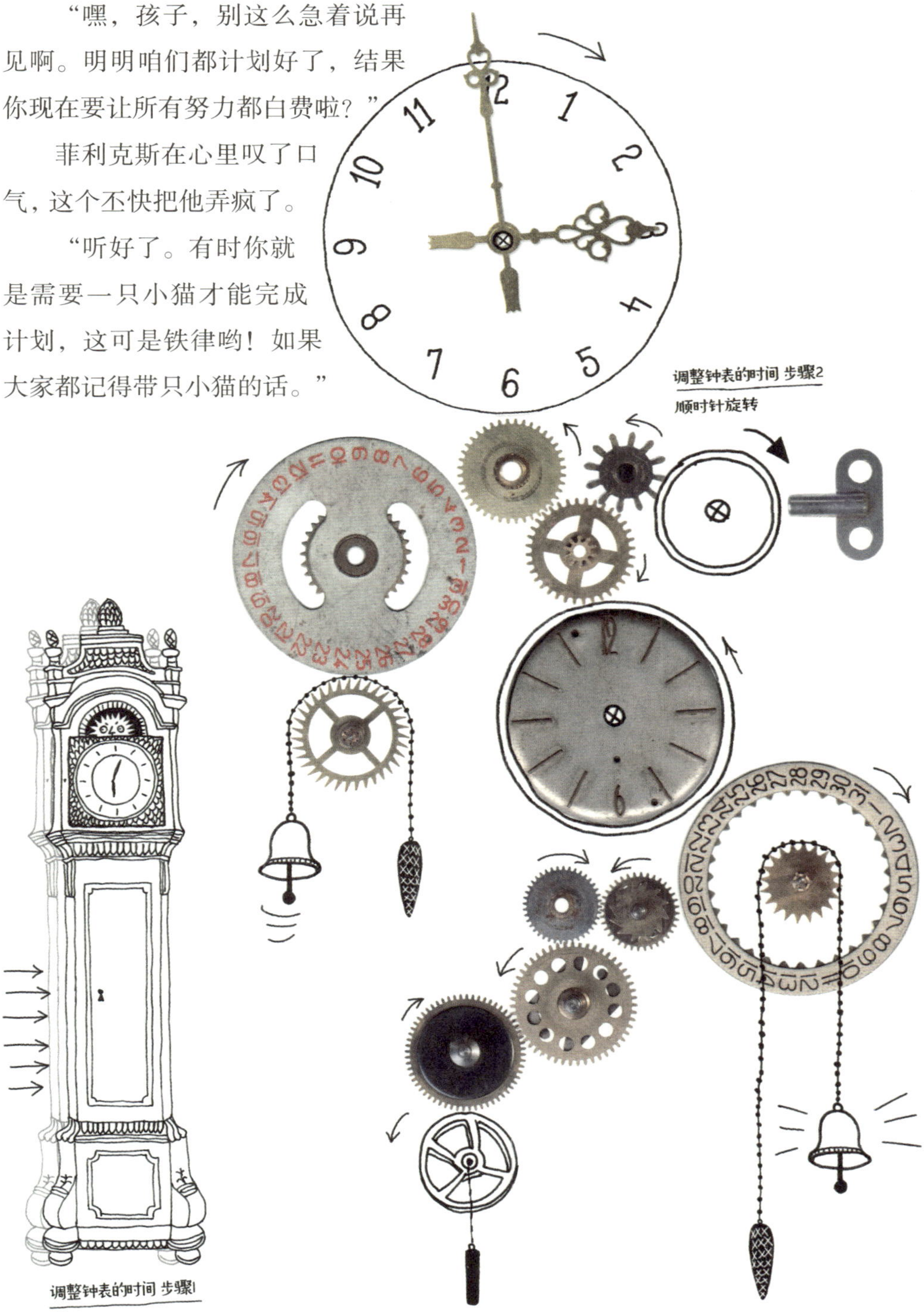

“很多原本失败的计划都会成功的。这招肯定也会对姨妈奏效的。她喜欢动物吧？”菲利克斯不得不承认他的姨妈的确非常喜欢宠物。

“很好。那么一只小猫肯定能分散她的注意力，这样你就有足够的时间来捣鼓钟表了。你一定要认真对待这件事，菲利克斯，可不能三心二意。”

“可是我上哪儿弄来小猫呢？”

“等会儿。”丕说。他坐着轮椅穿过柜台后面的双扇门，然后拿着一个盒子回来了。

“选一只吧。”他说。盒子里挤着三只小猫：一只是黑色的，一只长着奶牛那样的黑白花纹，还有一只长着灰色的条纹。

菲利克斯眨了眨眼睛。难道他已经睡着了，这只是一个梦吗？他把手伸进盒子里，那只长着条纹的小老虎爬到了他的手上。

“很可爱吧？不过最重要的还是方便。”

“爸爸妈妈肯定担心死了。”菲利克斯想道，他看了看周围的钟：六点了。

“六点！”他惊呼起来，“怎么可能呢？刚才已经过了六点啊，而且，从汉赛尔跳出花园小屋那时开始算，肯定已经过去半个小时了吧？”

“确切地说，那是一种德式小屋，属于‘黑林山’风格。嗯，没错，时间确实过去了，不过是我把钟表设置成这样的。直到明天早上六点，它们都会一直待在六点的位置。到那个时候，我就会继续开始工作，这些钟表的指针也是一样。这样它们就不用做无用功，在没必要的时间转动啦。”

菲利克斯看向电子钟。它们上面都显示出了“待机”的字样。与此同时，小猫躺在他的手臂上，发出了舒服的咕噜咕噜声，仿佛那里是它的家似的。

“可是这样你还怎么看时间呢？”菲利克斯问。

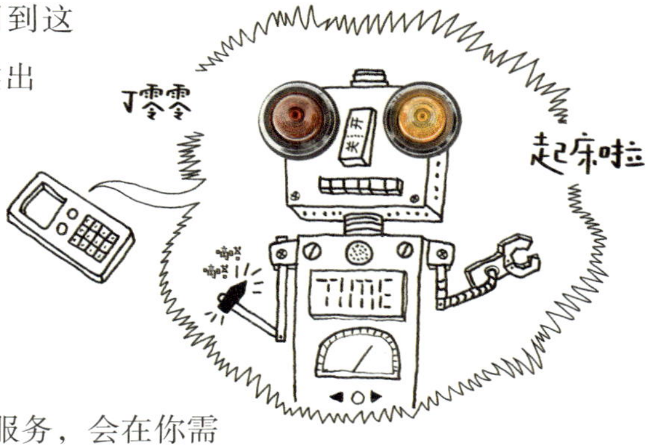

“如果你必须六点回到这里，你怎么知道什么时候出发呢？”

丕从口中吐出了几个英语单词：“用 wake up call。”

“用什么？”

“那是一种电话叫醒服务，会在你需要的时间给你打电话。‘下一次哔声是五点四十五。’” 丕用一种可怕的金属声说道。

“给你打电话的是个机器人？”菲利克斯难以置信地问道。

“一个非常严厉的机器人，它会把你从最甜蜜的梦乡中拽出来：接下来的几个小时里，你都不敢再闭上眼睛了……”

“现在几点了？”菲利克斯问道。

“那不重要。”

“可是我必须回家了。”

“那你问时间干什么呢？你必须回家就是必须回家。时钟和这件事没关系。时钟出现之前，就不存在小时这东西，日历出现之前，也不存在日期这东西。那时候我们要描述时间就会这么说：当那个小男孩儿想找点时间去女巫姨妈家的时候。”

菲利克斯叹了口气说道：“我说过了，她不是女巫。”

“你直接说‘天黑了，所以我得回家了’，我就明白你的意思啦。对了，别把小猫给忘了。”

丕捏着另外两只小猫脖子上的皮肤，把它们从盒子里拿了出来。于是，菲利克斯带着装有猫和眼镜的盒子，向商店外走去。

04:58
04:59
00:00
19:00
15:00
咯咯咯咯咯
咯咯咯咯
咯咯咯咯
咯咯咯咯
zzz
zzz

18:33

“你去哪儿了？”菲利克斯的妈妈问道。

他的父母正和彼得的父母坐在一起，惬意地小口啜着开胃酒。菲利克斯是在上一次童子军训练营中认识彼得的。两人发现彼此的住处只隔了两条街道，后来便经常一起玩。

妈妈把菲利克斯拉过来放在自己的膝盖上。“明明都让我自己去丝薇姨妈家了，为什么还把我当个刚学会走路的小孩似的？”菲利克斯这样想着，挣脱了妈妈的怀抱，把眼镜递给了她。

“上面有字。”他说。

“哦，我的小宝贝，小机灵菲利克斯！你真是太好了。怪不得你这么久才回来，原来是因为这个吗？我还以为商店六点就关门了呢。”

“这确实是一部分原因。不过我也走得慢了点。还有，是那位坐轮椅的先生在你眼镜上刻的字。”

“坐轮椅的先生？在那家店工作的不是一位女士吗？嘿，菲利克斯！”

彼得和菲利克斯已经出去了。

有时候彼得聪明过头，不过有时候他也聪明得刚刚好。比如现在，菲利克斯讲了讲自己的麻烦，彼得就立刻领会了这件事有多严重、多紧急。“找点时间，”他点点头，“你已经有主意了吗？”

菲利克斯解释说他想把丝薇姨妈的钟表调快，而小猫会在他行动的时候负责分散她的注意力。他给彼得看了看他藏在屋前小花园里的盒子。“它在这里面呢。”

彼得看起来并不太想参与这项计划，不过他忽然接着说道：“我知道你需要什么了。”

“嗯？”

“咱们刚刚学了生物钟的知识，你还记得吗？”

菲利克斯摇了摇头。他刚才在丕的商店里看到了很多很多钟表，但里面并没有生物钟。

“那是一种藏在你身体里的时钟。”彼得解释道，“它会决定你什么时间睡觉，什么时间醒来。”

“哦，我知道这个。”

“咱们要扰乱丝薇姨妈的生物钟。等你去她家拜访的时候，她会希望你尽快离开，让她有时间好好午睡一会儿。”

“那咱们该怎么做呢？”

“咱们必须把她叫醒，然后一直让她保持清醒。不过咱们不用亲自动手，邻居家的公鸡就能办成这事，而且比谁办得都要好。”

“公鸡？你到底有没有好好听我说的话呀？我想找点时间，而不是找个动物园。”

“那可不是什么普通的公鸡。它从早上五点就开始打鸣，一直到晚上才会停下。”

“好吧。假设咱们能抓住那家伙，然后该怎么办呢？把它拿到丝薇姨妈那里吗？现在吗？爸妈肯定不会让咱们去的。”

“咱们会找到办法的。先把公鸡抓了再说。它在睡觉呢，所以抓它肯定不难。”

花园后面的树篱上有个洞。邻居家的鸡舍寂静一片，所有的鸡都坐在一根棍子上。菲利克斯想道：“它们到底是怎么做到在棍子上睡觉而不掉下来的？真是太奇怪啦，简直像用耳朵呼吸一样是根本不可能完成的任务。”

彼得最先穿过了那个洞，菲利克斯紧随其后。彼得来到了鸡舍后面，菲利克斯悄悄地朝他溜去。但是彼得忽然踢到了一个金属食槽，发出了响亮的一声，菲利克斯便立刻钻回了树篱里。

邻居家露台的灯亮了起来。他们听到了一声：“该死的！”两个人赶紧藏了起来，各自躲在树篱的一侧。

“可恶的狐狸，”他们听着邻居的咒骂声，“我非打死你们不可！”

等一切再次恢复寂静，彼得便从洞里冲了出来。“吃完饭咱们再回来。”他说道。对彼得来说，没什么事是不可能的。

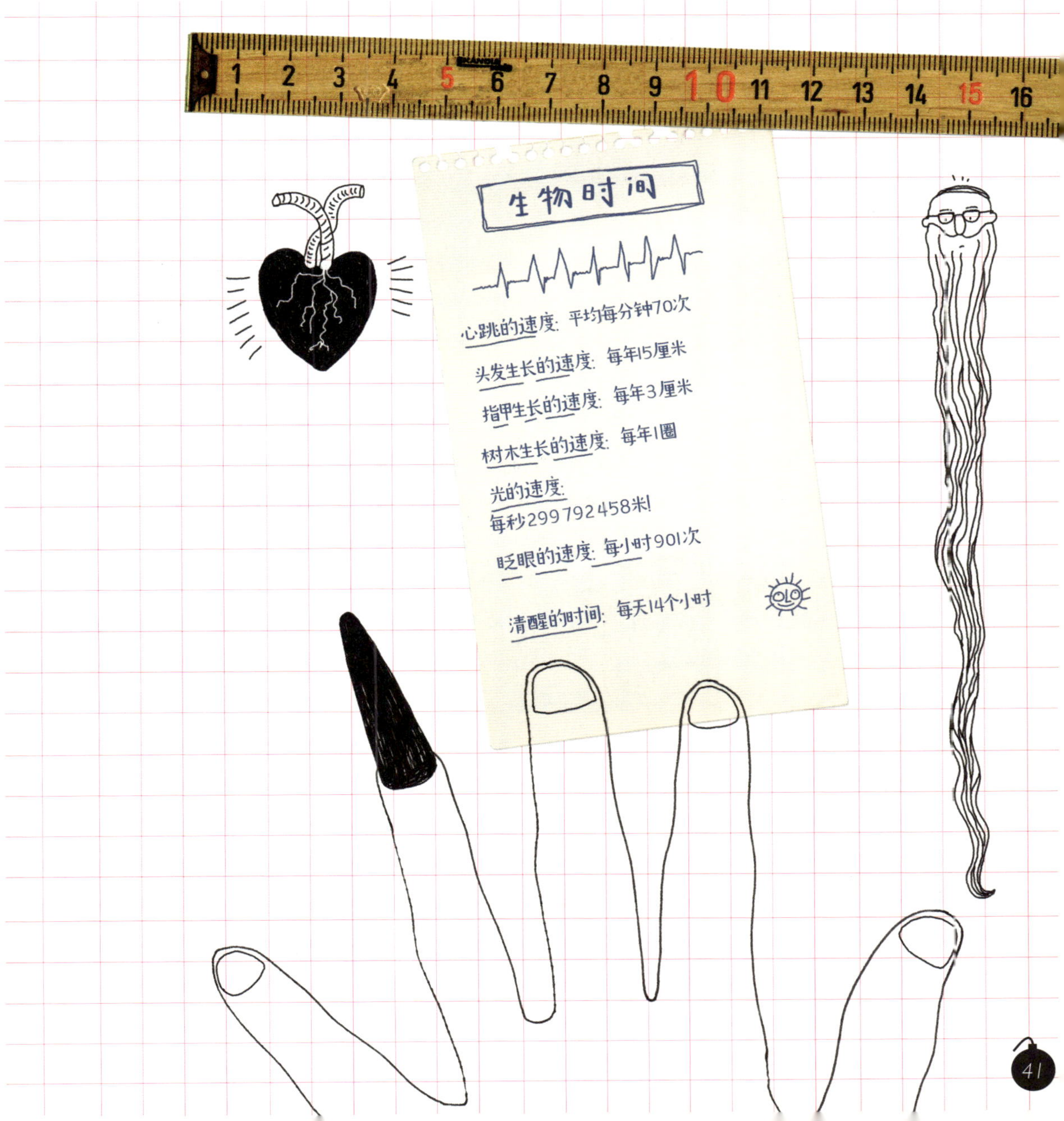

购买时间
带轮子的鞋
200%时间收益
沐浴球
给自己留点时间
冰冻疗法
可以停止时间，
之后再解冻
超级能量饮料
可以获得更多能量
节省时间：
用十根手指盲打
五百倍速！
抗衰老面霜
纯正 1l
蜕变
治愈果汁
喝完20升，
你会感到自己重获新生！
超级药丸
可以额外增加速度
=时间的质量=？？？
（和丝薇姨妈在一起等于没有！）

18:57

彼得和菲利克斯来到客厅，不约而同地坐在电脑前。

“咱们上网搜一下吧。”菲利克斯说。

他用两根食指敲出了“找时间”这几个字。彼得说他的打字速度实在太慢了，但这并不影响他搜到一大堆结果：30,200,000 条！他们开始兴奋地读了起来。内容包括为你自己找点时间，为你患有多动症的孩子、你脾气暴躁的兔子、你苗条的身材还有你的此生挚爱找点时间……

然而并没有工作计划或者必备品清单之类的内容。“这算哪门子找时间呀！”菲利克斯叫道。

“找时间？”彼得妈妈的声音从沙发上传来，“这是学校的任务吗？如果不是的话，我应该是这方面的专家了，毕竟时间就是金钱，你懂的。”彼得的妈妈是银行经理。

“但是钱并不等于时间，妈妈。”彼得说道。

“但是你可以用钱买时间呀，小万事通。”彼得的妈妈回答。

“买时间？这也行吗？”菲利克斯问。

“现在这个时代，没什么是你买不到的。”菲利克斯的爸爸眨了眨眼说道。

菲利克斯努力回想自己的存钱罐里有多少钱。或许他可以再找彼得借点儿。“那上哪儿买呢？哪里有卖时间的？大概多少钱？”

大人们对他的问题报以一阵大笑，然后又继续忙着互相交谈了。他们已经第三次为新的一年而干杯了。

“在哪儿买啊？”菲利克斯用眼睛询问彼得，但他假装没看到。

“肯定有这类的网店，可以买到时间，”菲利克斯说，“妈妈没空自己去商店的时候，就会在网店里购物。”

“时间商店”，他打下这几个字，接着是“购买时间”。

然而，除了一堆钟表店的地址之外，他什么也没搜到。

“你们撒谎。”菲利克斯说。

四个大人惊讶地看着他。“什么谎？”

“就是买时间什么的，那是不可能的事儿。”

“哦，好吧，菲利克斯，你怎么总是只看字面意思呢。我们只是打个比方呀。”

打个比方！菲利克斯想不通看字面意思有什么不对的。不过他什么也没说，因为他看到那几个人的嘴角浮起了一丝笑意。似乎只要他再说一个字，他们就要憋不住哈哈大笑了。

“好啦，来桌子这边吧，晚餐好了。”

彼得的爸爸给每个人盛菜。

彼得用叉子在深红色的酱汁里画着道道。“这到底是什么东西啊？”他问。

“Coq au vin。”他的爸爸答道。

“什么？”

“Coq au vin。这是一道典型的法国菜。”

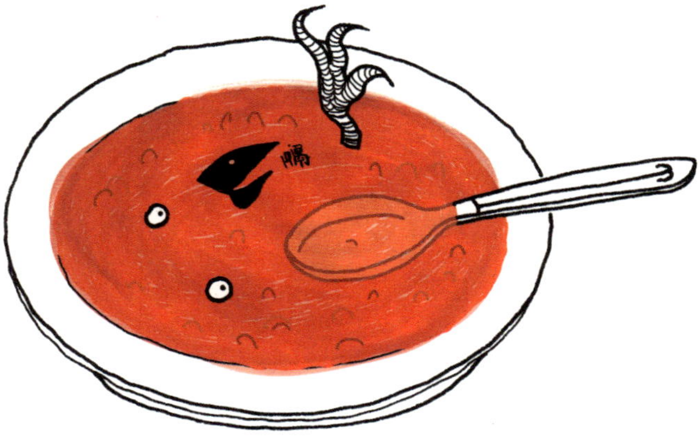

红酒烩公鸡

“唉，法国！我不爱吃法国菜。你呢，菲利克斯？”

菲利克斯耸了耸肩。这个夜晚真是糟糕透顶。

“孩子们！你们不是挺喜欢吃鸡肉的吗？看，这道菜就是用鸡肉做的。Coq au vin 在法语里就是红酒烩公鸡的意思。”

菲利克斯把食物吐回了盘子里。他的父母显然不觉得自己有什么地方不体面，除了菲利克斯的行为会让他们丢脸。

“你到底是怎么回事！”他的妈妈喊道，“这已经是今天第二次了！”

“这该不会是……”彼得结结巴巴地问道。

“隔壁的鸡吗？确实是他家那只。它的叫声实在太大了，所以我就想着，把它扔进锅里算了。”大人们放声大笑起来，但菲利克斯和彼得坚定地把自己的盘子推到了桌子中央。

“睡觉时间到了。”菲利克斯的妈妈说，于是他只得照办。二十分钟后，他已经躺在了自己的羽绒被下面。他的妈妈非常擅长时间跳跃，尤其是在该睡觉的时候。

时间跳跃

21:13

菲利克斯躺在床上，感到非常害怕。他辗转反侧，却始终无法入眠。他的额头渗出了冷汗。他可能是生病了。下午吃的那个圣诞树干蛋糕肯定已经过期很久了。他曾经在一本关于毒药的书里读到过，吃了过期的食物可能会死掉的。然后还有那只公鸡！他不想死，但是如果他在一小段时间里生了很严重的病呢？大概一两个星期，这样等他好了，丝薇姨妈的生日也早就过去了。那时候再去拜访就不合适了，因为他们肯定会认为那样是不礼貌的。

菲利克斯思考着，人快死的时候还能感到痒痒吗？然后他睡着了。他睡得并不是很安稳，不过毕竟还是睡着了。

他梦见几只小猫正在破坏丕的商店。很多时钟从架子上滑了下来，黑色的小猫在窗帘里面荡秋千，把整个商店橱窗弄得乱七八糟。它们一个接着一个，到处又抓又咬。菲利克斯站在旁边看着这一切。

06:00

菲利克斯惊醒了。那只小猫！六点了，他看着他的闹钟。星期天他不能在八点之前起床，但这是紧急情况，他必须违反规定。他彻底忘记了这只小猫：他把它孤零零地留在了彼得家屋前花园的一个空盒子里。他在睡衣外面套了一件毛衣，踮着脚尖走下楼，蹑手蹑脚地打开了门。外面正在下雨，寒风啃噬着他的脸。实在太冷了，他又回去了，回到了被窝里，里面还热乎着呢。他几乎瞬间就睡着了，而他的梦境还在继续。

那只“小老虎”站了起来。它向他走来，在他脸上拍了一巴掌。“勇敢点！”它喵喵叫道，“你的勇气去哪儿啦，你这个胆小鬼。”其他几只猫也都站起来了。“懦夫，胆小鬼，胆小如鼠！”它们喊叫着，然后打了个长长的哈欠，像一捆皮带似的互相依偎在一起，看起来仿佛一窝蛇落在了地上。“小老虎”冲他眨了眨眼，然后三只小猫一起进入了梦乡。

计划

- 14:00 去坐电车
- 14:08 电车出发
- 14:32 下车
  - 一直坐着，然后骑自行车绕圈一个半小时
- 14:33 向着丝薇姨妈家“艰难跋涉”
- 14:57 按门铃
- 14:58 祝丝薇姨妈生日快乐（只要握手就可以了，不要亲）
- 14:59 送上礼物和贺卡

→

- 15:00 调整钟表的时间
- 15:50 喝汽水（丝薇时间）
- 15:57 说再见
- 16:00 “闪电”拜访结束啦

←（如果失败了的话）

- 15:05 喝汽水
- 15:09 聊聊天气、狗、髋关节、学校、长大
- 15:14 再喝一杯汽水（嗝）
- 15:20 沉默……………无尽的沉默……………唉……………
- 15:50 说再见
- 15:59 再次呼吸到新鲜空气！

08:16

吃三明治和羊角面包的时候，妈妈又过了一遍他必须要做的事情。“你坐电车过去，别忘了带上贺卡和礼物，然后按一百一十三号的门铃……”

“礼物？”

“没错，我买了一些花。”

“哦不，妈妈！”他似乎已经看到自己坐在电车里，大衣里藏着一只猫，手里还拿着一束花的样子。

“当然得带礼物了，你总不能空着手去人家家里吧？”

她把花拿了过来。那是一盆半米高的仙人掌。

“妈妈！要是拿着那东西，我根本就没法活着走到她家！”

“哎呀孩子，别嚷嚷了。你一上电车就可以把它放在地上了。又不用拿着它走上好几个小时。”

“但为什么要送仙人掌啊？”

“丝薇姨妈不喜欢花束。她更喜欢多肉植物。我当时想着，这次还要买虎尾兰吗？要不还是买一盆漂亮的仙人掌吧。我相信她会很享受这个礼物的。”

“享受？享受仙人掌吗？”

一阵门铃声打断了他们的斗嘴。

“别忘啦，两点钟出发！”他开门时，妈妈还在不停强调着。

是彼得，他手里拿着那个盒子。

“你把东西落在我家了。”他说。

“快给我看看！我整晚都在梦到它。”

他们来到花园里的工作室。小猫没被冻死，也没有被一群雪貂吃掉。它跳到了他的怀里，发出咕噜咕噜的声音。

“还有，菲利克斯，你的计划里还有一些漏洞。”

“我知道。”菲利克斯叹了口气回答。

“首先，你必须把那块手表摘下来。你肯定不希望她从你自己的手臂上发现你动了时钟吧？”

“当然了！”菲利克斯回答，并立即按照彼得的建议摘下了手表。

这不算什么大事，但还是挺重要的。

“然后是那只小猫，你必须保证它能分散她的注意力。”

“哦，这肯定没问题。丝薇姨妈特别喜欢小猫。”菲利克斯说。

此时，“小老虎”已经从他的怀里跳了出来，在棚屋里四处探索。两个男孩看着它被一条蜘蛛腿噎了一下。

“嗯。我觉得一只受伤的小猫效果可能会更好。”彼得说道。

“受伤的小猫？我现在到哪儿去搞受伤的小猫啊？”

彼得看了看小猫，又看了看工具箱。

他们认识彼此以来就没少流血，而菲利克斯不喜欢彼得嘴边的笑容。

“嘿，你打算干什么？”

彼得嗅了嗅四周的气味，他的目光滑过锁口机的老虎钳，又滑到圆锯上。

“你有油漆吗？”

“啊？”

“红色的油漆，一点血总能给人留下深刻的印象。”

菲利克斯终于领会了彼得的想法。他从架子上取下油漆盒，然后选了一个合适的红色，一种胭脂红。油漆已经干了，但是加一点水就可以把它重新变成糊状。另一项麻烦的任务则是抓住小猫。每次他们快抓到它的时候，它就会再次跳到别处。彼得和菲利克斯追着它跑了半天，两张小脸涨得通红，然而小老虎仍然是一身灰色。忽然，这个小毛球纵身一跃，不小心跳进了装着红色油漆的小盘子里。它的鼻子和小爪子上出现了红色的斑纹。它用这红色的小爪子在自己的毛上到处抓挠，不一会儿就浑身都是红斑了。

“现在还需要一条绷带。”彼得说道，他从外套口袋里掏出一长卷绷带。

菲利克斯认为小猫看起来已经伤得很重了，但是彼得坚持说：“就绑一条腿。”小猫因为太小，跑跳了一会儿就疲惫地睡着了，他们很快便完成了包扎任务。

“剩下的绷带用来绑你自己吧。”菲利克斯对他的朋友说道。

接下来是花园里的短暂追逐战。结果菲利克斯很快输了，被绷带绑在了苹果树上。幸好这是卷弹力绷带，于是他又挣脱了。

他们用这些白色的绷带制作了他们有史以来做得最好的弹弓。

他们还在围墙上画了一朵玫瑰，向它射出坚果，看看谁的得分最高。

邻居家的狗迪宝被坚果撞击在墙上的声音吓得不轻，而那些飞过围墙的坚果更是把它吓惨了。

“我该走了，”他们休息的时候，彼得说，“我们家要去邻居家吃新年早午餐。”

“用公鸡做的？”

彼得点点头。他们心情复杂地看着彼此。

“我一口也不吃。”彼得说道。

呼呼呼
呼呼
咯咯咯咯咯啦啦啦
呼呼呼呼
呼呼呼
咕噜咕噜

09:03

菲利克斯打开棚屋的门，听到了一阵鼾声。小猫脸上挂着大大的笑容，正在躺着打呼噜，那声音听起来像一个出了故障的咖啡机。菲利克斯打着哈欠，拿过一条毯子蜷在里面。旧皮椅吱吱作响。“别打呼噜啦，爷爷。”他低声说道。

半小时后，一缕阳光穿过脏兮兮的窗户洒在菲利克斯身上，把他唤醒了。有那么一会儿，他很困惑自己到底身处何方，直到他看到了那只小猫，它正准备从一个高高的架子上往他身上跳。它张开四条小腿从空中飞过来，菲利克斯差点儿没躲开它那小小的爪子。

“真是个淘气鬼！”他听到了爷爷的声音，“我都快被那个长着斑点的跳跳球吓死了。”

菲利克斯轻声笑了笑。“早上好，爷爷。”

“你是从哪儿弄来那个小战士的？”

菲利克斯跟爷爷说了丕的计划，还有彼得的。

“这主意真不错！”爷爷说，“一只受伤的小猫。太有才了！但是……你打算怎么把这只小猫带到那里呢？因为，你也看出来啦，它可不是什么乖宝宝。”

“很简单，我带着它坐电车就行了。”菲利克斯说。

“用链子拴着它，再放进帽子里吗？”

“不，我就把它藏在我的大衣里。”

“嚯嚯，你要穿上盔甲吗？因为这只小老虎会把你的胸口挠烂的。”

“我会让它安静下来的，爷爷。这根本不是关键。”

“那关键到底是什么呢？帮我死掉的脑袋梳理一下吧。”

“关键是，拜访丝薇姨妈的时间必须非常短，就像我根本没去过一样。而这只小猫必须能分散她的注意力，这样我才能调整钟表的时间。”

“哦，这样啊。现在我明白了。好吧。”

菲利克斯感到很沮丧。他还是想找到时间。他想成为一名真正的时间旅行者，可以跳到时间轴上，自由自在地前进后退。爷爷听到了他的心声。

“啊，你就这样想吧，其实就算什么都不做，咱们也都是时间旅行者呀。无论愿不愿意，咱们都将走向自己的未来。”

“可是昨天我还有个制作时间炸弹的大计划呢，”菲利克斯噘着嘴说道，“它爆炸的时候时钟就会跳跃。”

“看看你的手腕，那里就有个时间炸弹呀。每次指针跳跃，发出一声巨响，时间就会突然变得更晚一些。而且无论是在它周围还是任何地方，都没有造成任何伤害。还有什么比这更好的时间炸弹吗？”

“唉，爷爷，你根本就不明白。”菲利克斯感叹道。

“我明白的，孩子。你想做一番大事。你希望能够发动时间的魔法。”

“没错！”爷爷还是理解我的，菲利克斯心想。

“那你听好啦，时间旅行确实存在，是真的。但是，知道你能从中得到什么吗？几纳秒。那你知道纳秒有多短暂吗？十亿分之一秒！根本不值一提，更别说开始时间旅行有多复杂了。要这么科学地解释吗？还是随它去吧。”

爷爷的话让菲利克斯沉默了一会儿。

“你的计划倒是挺切实可行的。你可以从中得到不少好处，反正远远超过那没什么用的几纳秒。不过它还是有一些不确定性。看看那只猫吧，它的不确定性太强了。你得有一个‘B 计划’，来应对意料之外的情况。”

“B 计划？”

“……”

“爷爷？接着说呀？”

菲利克斯没有等到爷爷的回答。

太迟啦!
牛奶
你的时间
用完啦!

吃掉食物的速度

生菜：每一口咀嚼25次
蜗牛：不用咀嚼，一口吞下去
糖果：每分钟12颗

12:02

星期天他们通常会早些吃饭，因为菲利克斯有童子军活动。

他们今天也提前吃饭了，虽然并没有童子军活动。

“咱们为什么这么早吃饭？”菲利克斯抱怨道。

“你心知肚明，孩子。”爸爸回答道。

“我不饿。”菲利克斯撒谎道，但他咕咕作响的肚子立刻出卖了他。

“哎，好啦，”他的爸爸说道，“我知道你对这事很不满意。但你肯定没问题的。你就把它当作一次探险吧。只有坐上那辆电车，才能进入大人的世界，大人的世界多让人兴奋啊，你说是吧？”

一座意大利面堆成的小山热气腾腾地摆在了菲利克斯面前。他张开嘴，吸了一口水汽。他别无选择，只能大口吃下盘里的食物。“为了完成接下来的任务，我必须获得力量。”他安慰着自己。他可不敢想象在丝薇姨妈家晕倒会有什么后果。

不到十分钟，他就把整个盘子里的东西吃得干干净净。然后他又花了二十分钟对付妈妈放在另一个小盘子里的一堆生菜。

“能不能不吃生菜，我不吃甜点了还不行吗？”他试着讨价还价，但是妈妈的态度很坚决，她要求他吃生菜。

“如果你爱吃生菜的话，我的生活就轻松多了。”她说。

他屏住呼吸艰难咀嚼了半天，终于可以离开饭桌了。

“那个圣诞树干蛋糕真的吃完了吗？”爸爸笑着说。

要是他以为菲利克斯也会因为这句玩笑弯起嘴角，那他就大错特错了。

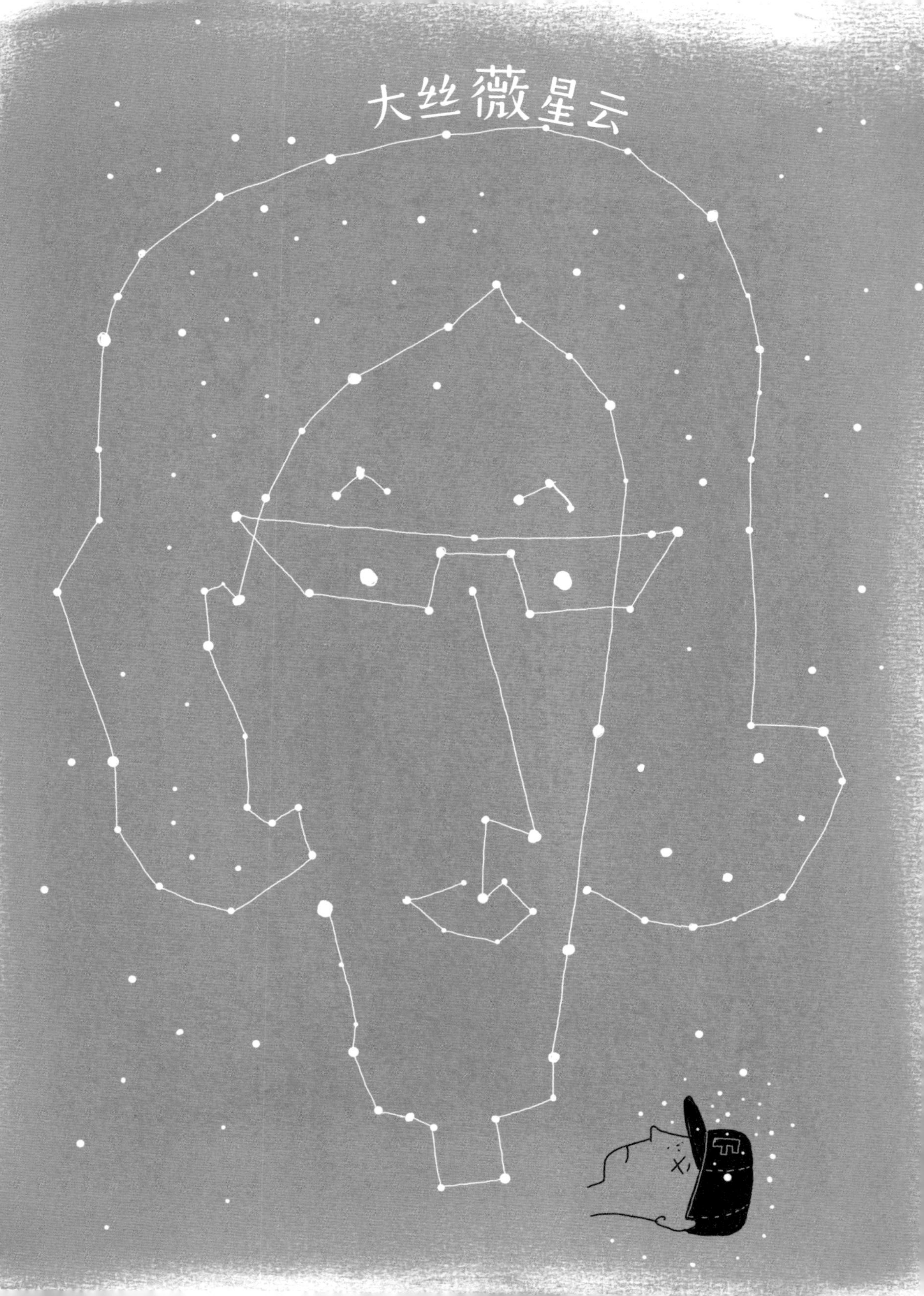
大丝薇星云

12:39

那只小猫不见了。

菲利克斯搜遍了整个工作室，还是没有看到那只“长”着红斑的小老虎。还有一小时他就必须离开了，而找不到猫就意味着计划泡汤了。“砰”的一声，他惊慌失措地撞到了门，又被弹回水泥地板上。他眼冒金星，耳边响起了爷爷的声音：“这就是我说的完美 B 计划，孩子。”

菲利克斯只能发出痛苦的呻吟。

“如果其他所有路都走不通，剩下的就是正确的出路：勇往直前吧。”

菲利克斯试图回答，但他发不出声音来。

“别动啦，躺在那里就行，就这样试一次，平躺在地面上，无论哪里的地面都可以。但是不要躺在床上或者沙发上，这些是不行的，要躺在那些你一般不会躺着的地方，教室啦，厨房啦，广场啦……让地球带着你转动，那些微不足道的分钟、秒和小时都将变得不再重要。等着，我和你一起躺一会儿，然后我给你讲个故事。”

菲利克斯一边听，一边闭上了眼睛，试图不看那些不停转动的星星。他用尽全身的力气聆听着。

“很久以前，那时还在打仗，而我自己还是个小男孩，这曾经救了我的命。当时我刚好和你现在一样大，我的父母派我去执行一项秘密任务。他们跟我说，我一定得非常谨慎，不能引起任何人的注意。我当时要把五公斤的黄油送到城里的一栋房子那儿。这些黄油是给一些有钱人准备的，他们不喜欢干巴巴的面包。这些大疙瘩就藏在我的毛衣下面，外面包了很多纸防止融化，然后绑在我母亲的一个旧胸罩里面。你现在已经知道那是什么了，对吧，孩子。”

菲利克斯呻吟着，示意他继续讲下去。

爷爷活着的时候已经给他讲过这个故事一百遍了。

“那条路非常远，世界上怎么会有那么远的路，不过那时候‘不可能’这几个字是不存在的，一切皆有可能，有路就肯定会走到某个地方。我刚出发的时候很兴奋，不过很快就觉得无聊透了。一小时之后，我决定在草地上休息一下。沿路有一条小溪流过，我闲极无聊，就开始扔小石子玩。周围寂静一片，我开始咒骂我的父母，因为他们竟然让我去干这么无聊的事情。直到我突然听见了摩托车的嗡嗡声。那是个德国人，我的第一反应就是躺着不动，虽然这根本没有任何意义，因为我就躺在路边，所以他肯定会看见我的。我的下一个反应是闭上眼睛。从那一刻起，我就仅凭听力关注着周围的动静。我一动不动地躺着，一开始我只能听见那辆摩托靠近的声音。不一会儿，那个声音就消失了。我听见沉重的靴子踩在鹅卵石上的声音。然后那个声音也不见了，我的耳畔只有树枝和草茎在噼啪作响，然后是膝盖弯曲时发出的吱吱声，袖子移动时发出的低沉杂音。然后就是一片寂静，什么声音也没有了。我开始出汗，我感觉胸罩里的黄油在慢慢变软，但是仍然没有任何声音。我知道，我不仅应该紧紧闭上眼睛，而且必须看起来像真的在沉睡或者已经死了一样。装死是很难的，因为我还在呼吸呢。但是沉睡是有可能的，要睡得很深很深，深到你不会被轻易叫醒的程度。我严厉地命令自己，我说：‘睡觉吧！’没有什么黄油，没有什么德国士兵，没有什么长长的旅途，也没有什么战争，只有睡觉。不可思议的疯狂事情发生了，我睡着了。当我醒来时，似乎已经过去了好几个小时。”

“我甚至没睁开眼就知道天已经黑了，我也知道敌人已经走了，现在我安全了，可以站起来走路了。黄油还在那里呢，等我到达目的地的时候，那些黄油肯定少了半公斤，因为我最后一段路是跑完的。但无论如何，我完成了自己的使命。如果我当时没有平躺在地面上，结局将会完全不同。”

菲利克斯睁开了眼睛。小星星消失了，他感觉腹部温呼呼的。他伸出手臂，摸到了那只小猫，它正躺在他的肚子上。它没有睡觉，但它非常安静地躺着，好像一只阳光下的甲虫。菲利克斯又盯着棚屋的天花板躺了一会儿。他想：“不就是丝薇姨妈吗？我去就是了。”

他重新站起来，看了眼表，发现是时候出发了。

好好睡吧，爷爷！

13号电车线
13
中心
植物街区
行星街区（1）
动物园（3）
中心车站
大海英雄街区（4）
政治家区（2）
1）只在周日到周一期间运行。
2）需要收取附加费用。
3）有个幽默的检票员。
4）9级大风时停运。

13:59

“电车卡带了吗？”

菲利克斯点点头。

“仙人掌呢？”

他把装着仙人掌的塑料袋举了起来。

“生日贺卡呢？”

“在我的大衣口袋里。”

“还有你的好心情呢？在裤袋里吗？”

“妈妈！”

菲利克斯迅速溜进工作室，小心翼翼地把小猫放进自己毛衣前面的大口袋里。他心想，要是它现在能保持不动就好了。他快速向爸爸妈妈道了声“再见”，但妈妈一定要再给他一个吻。

“等你走的时候，让丝薇姨妈给我们打个电话好不好？这样我们就知道一切顺利了。好好玩吧！”

菲利克斯飞快地跑走了。

“等一会儿你兜里的东西就掉光了！”妈妈在他身后叫道，“你跑得太快了，不稳当！”

丕的商店就在前往电车站那条路的边上。菲利克斯看到商店橱窗里一片混乱，但他没时间停下来仔细研究发生了什么。一个男人正坐在电车站边等着。等菲利克斯走近了，才看出来那是谁：

“丕！”

“嘿，小疯子菲利克斯。你终于来啦。”

“你是怎么没坐轮椅就到这里的？你怎么知道我要坐电车？”菲利克斯感到自己气得心跳都加速了，而那快速的心跳弄得小猫也不安起来。

“你当然要坐电车去啦。世上哪有不坐电车去姨妈家的道理？”他

的腿毫无生气地从长凳上垂下来，但他依然快乐地哼着小曲。

“嗯，别担心我的腿啦。他们还是稍微有点用的，只不过不能经常用。我也不是非得一天到晚坐在那个带轮子的东西上面。不过等会儿我就坐上电车啦，那上面不也有轮子吗？哈哈！这就等于咱们都一起坐在一个大轮椅上了。”

丕唠唠叨叨地说着，而菲利克斯想到了一件事。丕之前还给菲利克斯的妈妈打了个电话让她放心。丕告诉她，如果她不喜欢眼镜上面刻的字，可以再换一副新的眼镜。然后他们就这样聊了聊。

“你怎么会有我妈妈的电话号码呢？而且你怎么能在星期天给她打电话呢？”

“我们有客户档案呀。而且电话在星期天也能用啊，小疯子菲利克斯。”

当电车静静地驶进车站，丕站了起来。他的腿站不太稳，而菲利克斯的手已经被仙人掌和小猫占满了。但他尽可能把胳膊伸开了一些，把车门推得更开，这样丕就可以和他一起慢慢爬上电车了。

菲利克斯刷了一下电车卡，然后叹了口气坐在丕的旁边。

“顺便说一句，你选择那只小猫是正确的。剩下两个小混蛋把我的整个商店都毁了。”

“真的吗？我昨晚梦见了！“

“难道你还相信梦吗？”

“但它就是变成真的了呀，你自己刚才说的。”

他的毛衣里传来一阵闷闷的喵喵声。

“是啊，就是你那些淘气的兄弟姐妹干的好事！”丕看了一眼菲利克斯毛衣上的口袋，“你对它做了什么？”

“那是血，”菲利克斯说，“或者说你必须把那想成血。”

“我为什么要那么想？”

“我的朋友彼得说，受伤的猫能够更好地分散丝薇姨妈的注意力。它的腿上还有绷带呢。”

丕爆发出一阵大笑：“我只能希望，你姨妈除了有各种各样的缺点之外还是个瞎子了。一只受伤的猫！你比我想象中疯得还严重，小疯子菲利克斯。”

菲利克斯又叹了口气。

“准备好拜访姨妈了吗？毕竟这不是练习时间了，对吧？”

“嗯，真倒霉。”

“或许也没你想得那么糟糕。要是我除了跛脚还会点隐身术的话，我就和你一起去啦。”

菲利克斯没再说什么。他在数车站。要坐六站，然后他就该下车了。三站了。他得记着及时按车铃让司机停车。小猫躺在他的肚子上，安静地呼吸着。

“你怎么不说话呀，”丕说，“要是你有什么东西坏了，就来找我呗。”

菲利克斯没应声。他正在思考拜访姨妈的事情。

我先按门铃。她会来开门。我把贺卡和仙人掌给她，然后让她看看小猫。她会完全被小猫吸引，这时候我就走到老爷钟那里。她过一会儿才会回来，这时候我已经把钟调快一个小时了。我再坐几分钟，吃一两块饼干，然后就可以走了。

真的这么简单吗？

不用听她讲关于那些疼痛的髋关节的故事吗？

也不用听那些疼痛的髋关节自己发出的声音吗？

乒！电车的铃声已经第四次响起了。再响两次他就要下车了。

他的心脏咚咚直跳，而小猫在用爪子往下爬。它从他的毛衣里挣脱出来，在大衣里面乱动。“哎哟，”丕说，“有东西在动！”

“快阻止它，”菲利克斯倒吸一口凉气，“它想出去。”

丕试图安抚小老虎，但是没什么效果，它仍在奋力向外挣脱。

乒！电车的铃声响了第五次。

小猫先试着从上面爬出来，但它撞上了菲利克斯衣服上扣死的领子。它转了一百八十度，然后从大衣底部滑了出去，直接掉进了菲利克斯两腿之间的塑料袋。那个袋子里装着仙人掌。小猫发出了一声悲鸣，听起来像电车刺耳的刹车声。菲利克斯看了一眼窗外，发现他们已经开到了丝薇姨妈家的街道。他惊恐地看着丕。与此同时，塑料袋来回滚动着，仙人掌倒在地上，小猫卡在袋子的一个提手里面，弹力绷带被缠在仙人掌的中央。花盆里的土洒了出来，在电车上滑来滑去，而小猫则踩在塑料袋上舔舐着自己的伤口。

乒！菲利克斯到站了，他必须下车了。

“快去吧！”丕说。

“那小猫怎么办？”菲利克斯就知道不该带那盆仙人掌的。

“交给我吧，这三只调皮鬼都会受到惩罚的，还有那盆仙人掌也是。”

“但是……时钟的事情怎么办啊！我现在还怎么调整时间啊？”他把手指放在开门铃上说道。

“快走吧，菲利克斯，快按铃下车吧。”

菲利克斯从滑动折叠门下了车。

“你会没事的！”丕叫道。在一阵尖锐响亮的吱吱声中，电车开走了。

13
不要停
乒
嘭
紧急制动器
请在紧急情况下拉动把手。
请勿乱动，违者罚款。
咿
咿
咿
咿
咿
乒

丝薇
之屋
丝薇女士
布鲁斯和慕斯
擅自闯入者
后果自负
请把鞋擦干净
小心
看门狗

14:31

菲利克斯两手空空地站在丝薇姨妈家门口。他的脑海里传出一个声音：“你已经来过了，快走吧。”但他还是按响了门铃。

没有人来开门。他又按了一次，这次按了更长时间，还是没人。或许门铃坏了？他敲了敲门，但仍然没人开门。他是不是现在就该回去了？之前所有的努力都没有意义了吗？

正当他站在那里犹豫不决的时候，屋里传出了一些声音。是狗吗？没错。他听见了狗的哀嚎声，而不是平时那种吠叫。

如果狗在哀嚎，说明有什么地方不对劲。他绕着房子走了一圈，小心翼翼地摸了摸后门，它是开着的。他该怎么办呢？如果他从后门进去，丝薇姨妈肯定会觉得这很不礼貌，但他必须冒这个险，因为丝薇姨妈看起来可能遭到了抢劫。甚至有种种迹象表明小偷进来时她根本不在家，这些小偷可能还没来得及离开。他蹑手蹑脚地走进了屋子。厨房里没有什么奇怪的——也许除了慕斯和布鲁斯盛食物的小碗里还装得满满的以外。他走进客厅，看到了装饰着花卉图案的沙发，人一坐上去就会陷在里面；破旧的东方式地毯布满灰尘，上面的毛穗都掉光了；墙上有着发黄的图案，窗台上还摆着一排永远不会死的植物。

没什么不正常的地方，除了丝薇姨妈不见了。这座房子似乎显得比往常更加死气沉沉。

菲利克斯正准备转身，又听到了一阵声音。

那声音是从走廊里传来的。是强盗吗？菲利克斯想道：“要是我没把那盆仙人掌落在电车上就好了。”他推开了门，现在他不仅听到了狗的尖叫和悲鸣，还听见了姨妈的声音。

“哦，菲利克斯，你终于来了！”

菲利克斯匆匆穿过黑暗的走廊。他是对的！丝薇姨妈遭到了袭击：

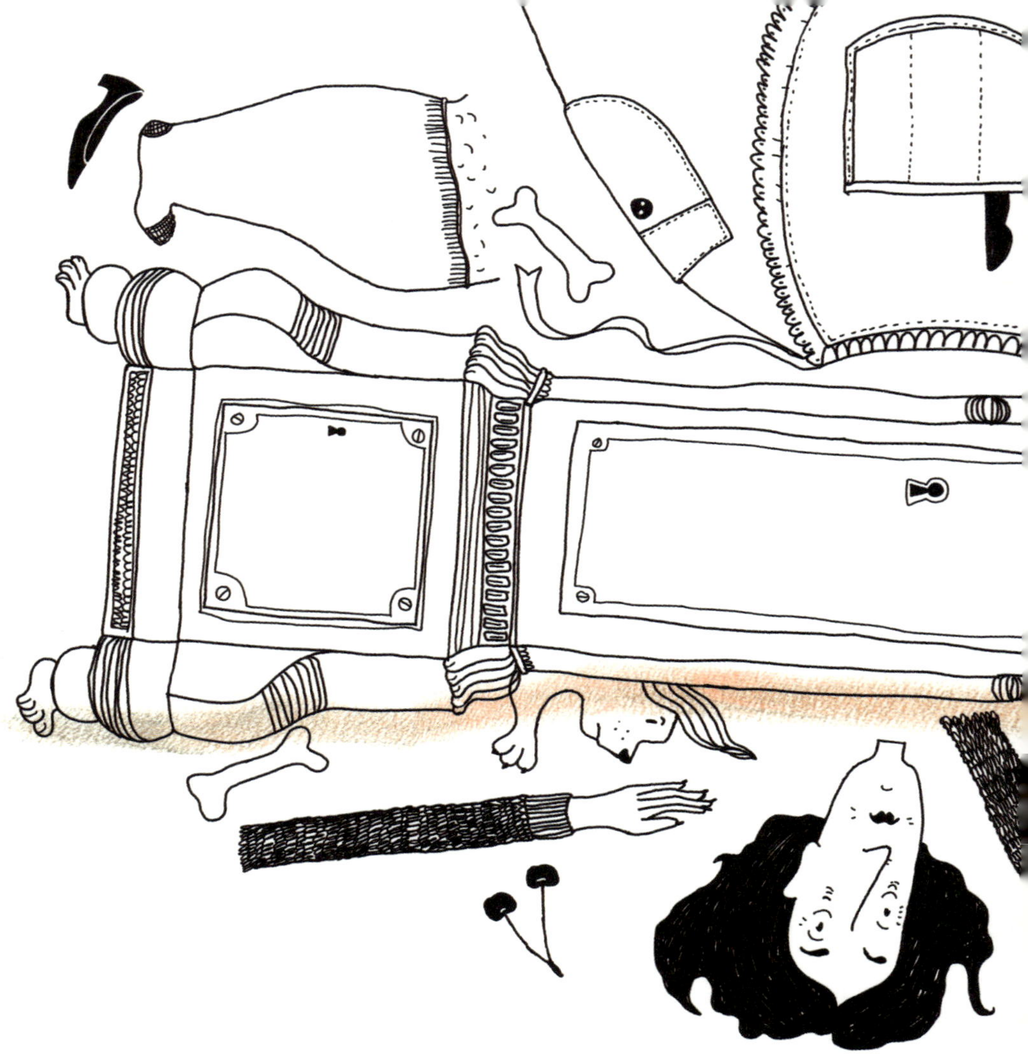

她平躺在地板上。老爷钟不再是站着的，而是倒在了她的身上。她外套口袋里的小狗也躺在钟的下面，像一窝乌鸦幼鸟似的唧唧叫着。“菲利克斯来了，”丝薇姨妈说道，“他来救咱们啦。”

菲利克斯张大嘴盯着这幅场景，那座老爷钟刚好倒在丝薇姨妈身体胖的部分和瘦的部分之间。

“过一会儿她就会变成两半儿了，”菲利克斯心想，“其实那样她看上去反而更协调一些，只要那两半身体不要分开走来走去就好。”

“哦，这事儿其实特别蠢，”丝薇姨妈呻吟着说道，“那个破烂钟

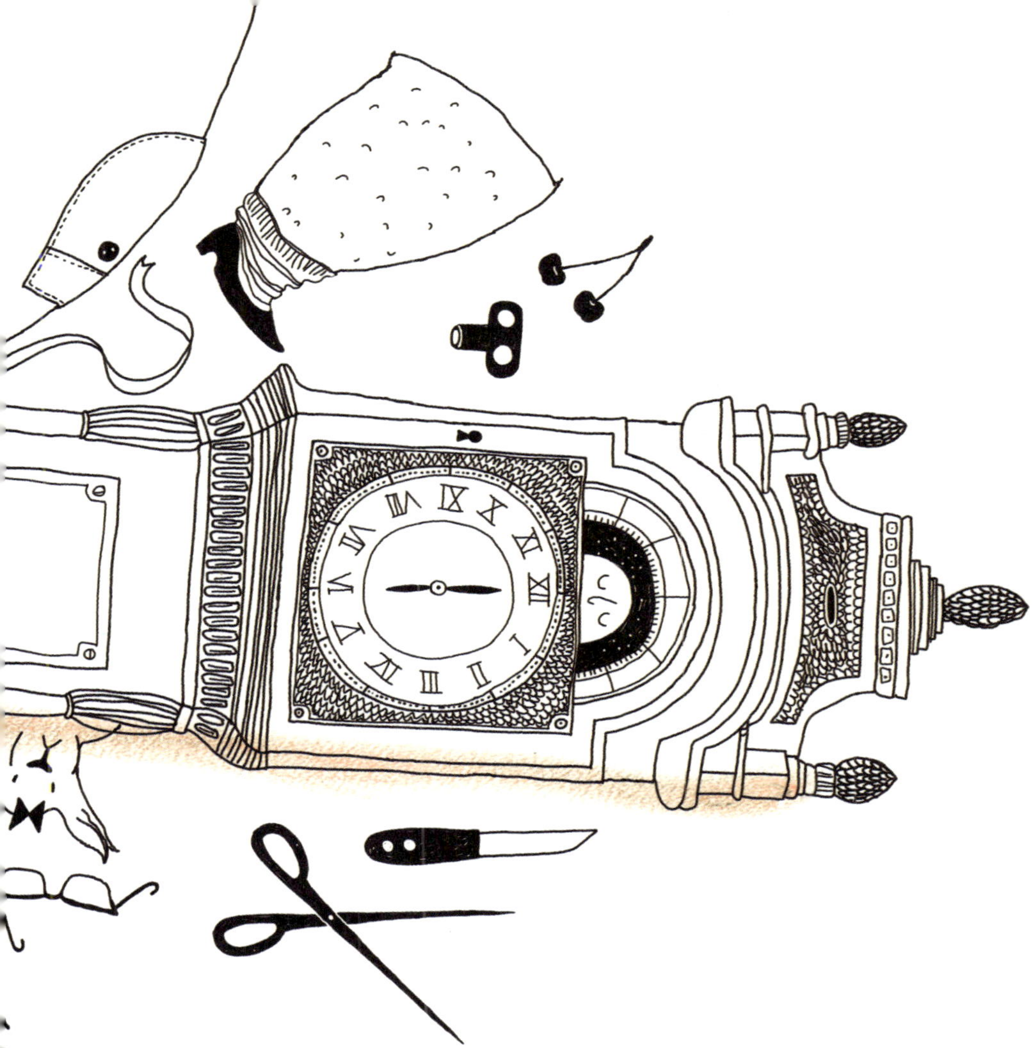

表不走了。我当时想看看你什么时候到，才发现指针已经不动了。”菲利克斯看到指针停在六点钟的位置。

“我想把它从墙边推开，看看它到底出了什么问题，所以就把它倾斜了一些。这时候我在地毯上滑倒了，然后它倒了下来，我可怜的髋关节哟，幸好它周围还包着一圈肉……”

菲利克斯忍不住笑出了声，但他立刻用一声咳嗽把它掩饰了过去。

“真倒霉，我的小心肝们也被压住了，小可怜们。”

菲利克斯只听到了一只“小心肝”的叫声，或许另一只已经永远去了狗狗的天堂?

这座老爷钟非常重，不过菲利克斯还是设法把它抬高了一点。一只小狗充满感激地跳了出来，然后立刻冲向厨房，拼命把所有食物塞进喉咙。它狼吞虎咽的声音从走廊传来，惊醒了它失去意识的小伙伴。另一只小狗也飞奔向厨房，抢过属于自己的那份美餐。

菲利克斯把一个较矮的鞋柜移到老爷钟下面，把钟支撑起来，这样丝薇姨妈就可以自己从那个木头巨怪下面挪出来了，虽然这个过程中伴着不少“嗷哟”和“哎呀”的惨叫。他们两人成功地把钟表推了起来。等它终于立稳了，菲利克斯说：“我能把它修好。”

他按着丕教的方法观察着齿轮装置，这里转转，那里扭扭。终于，时钟再次开始嘀嗒嘀嗒地走动起来，就像从没发生过任何事情一样。丝薇姨妈告诉了他具体的时间，并一直在旁边看着他把钟表修好。

“啊，菲利克斯，没有你我可真不知道该怎么办了！我在这东西下面躺了多久？”

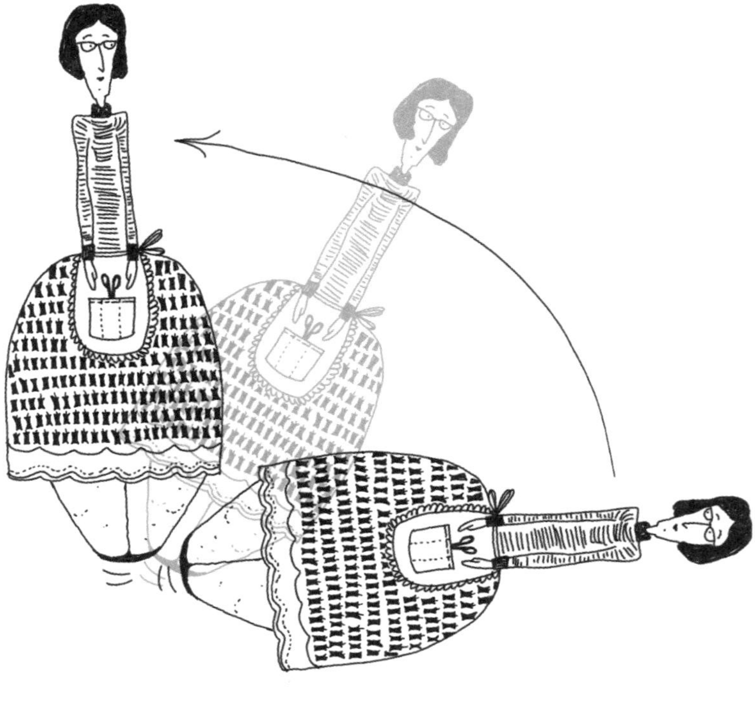

一阵“叮叮叮叮叮叮咚”的声音回应了她的话。那是三点整的钟声。

“嘿，”丝薇姨妈高兴地说，“你是怎么做到的？这比之前的声音好听多了。”

时钟原本沉闷的声音不见了。现在的声音令人想起美好的假日时光，令人回想起响着叮当声的冰激凌车和海滩上充满生机的各种声音，而不是那些令人喘不过气、蒙满灰尘的逝去的记忆。

丝薇姨妈问：“它会一直这样叮叮响吗？”

菲利克斯回答：“我们一小时之后就知道了。”说完他才意识到自己根本没打算待一个小时。但他还想再听一次这种新的声音，一次就好。

“很好，那我们这个小时里干点什么好呢？毕竟作为一个十岁小男孩，你肯定觉得坐在沙发上喝饮料挺无聊的吧？”

菲利克斯耸了耸肩。

“跟姨妈说说，你喜欢干什么呢？”

“打篮球。”菲利克斯回答，这是第一个浮现在他脑海里的东西。

“打篮球？打篮球、打篮球……”丝薇姨妈一次又一次地重复着，好像这个词别有深意似的。

然后她十分果断地说道：“很好，我们到地下室去吧。”

到地下室去？菲利克斯的心跳加速了两倍。他该去吗？丝薇姨妈像换了个人似的，然后又忽然说起地下室，实在太诡异了。他真不应该走进这座房子。毕竟她连门都没给他开！简直没有比这更好的借口了。

他刚才怎么那么傻啊！

“你站在那里干什么？”她问道。

“我，呃，我必须……”

“你必须什么？”

“她的一只眼睛转向了错误的方向。要是另一只眼睛现在也转过去就好了，那样我或许还能逃走……”菲利克斯想。

“先把这两只小怪兽给关起来吧。”丝薇姨妈在厨房抽屉里迅速翻找，摸出了一些东西。她把慕斯和布鲁斯推到门后，然后立刻关上了门。外面传来了小爪子焦虑地抓挠地砖的声音，这声音显然不能安抚菲利克斯的心。而当他看到丝薇姨妈拿在胸前的东西时，他忍不住向后退了一步。

“你看什么呢？”她问道。

“你拿着那个干什么？”他指着她手里那把巨大的剪刀。

“这个呀，这其实是我的鸡骨剪。不过我还用它做各种各样的事儿。我总是说，虽然你可能没什么骨头要敲，但这么强力的剪刀还是很实用的。不像那些家用剪刀，一点儿用也没有。”

她塞给他了一个芦苇编的购物篮，推着他朝地下室的门走去。楼梯很陡，菲利克斯走在前面。霓虹灯忽明忽暗，因此菲利克斯格外小心地向前试探着。“我绝对不能摔倒，”他心想，“要不然一切都完了。”

他们走下楼梯时，菲利克斯突然听到了一声响亮的“嗡”，房间里随之充满了亮光。他周围到处都是玻璃做的瓶瓶罐罐，数量非常多。丝薇姨妈发现他盯着那一排排东西看，便说道：

“这些小可爱是我的收藏品，都是我自己腌的。”

“莳萝小黄瓜，”他读道，“甜椒、草莓鼠尾草、丁香奇异果、小玉米。”他知道这些东西只是果蔬而已，但他还是觉得它们非常恐怖，尤其是那些小玉米。他心想，或许这些罐子只是一层表面的伪装。或许这些蔬菜和水果后面还有另外一排秘密的罐子，里面装着完全不同的材料。肯定是这样。丁香奇异果？丝薇姨妈可是个女巫啊。

他曾经有个大计划，根本不要到这里来，或者尽可能缩短拜访的时间。而现在他和丝薇姨妈一起站在地下室里，盯着一堆黏糊糊的可疑收藏品，还有什么能比这更糟吗？

丝薇姨妈把剪刀递给他，说道：“把这东西的底儿剪掉吧。”

西洋蒲公英果冻
孜然醋泡小黄瓜
兔脚馅料
丁香酱
葱油辣椒
腌四季豆
蘑菇泥
奇异果浓缩酱
苹果核酱
丁香奇异果
糖渍鸡爪
花苞酿醋
糖渍葡萄
荨麻汤
西葫芦条咖喱酱
糖煮醋栗

“为什么？”菲利克斯小声问。

“你总知道‘basket’这个词在英语里是什么意思吧？”

“篮子。”菲利克斯嗫嚅着。

“那不就得了，没有篮子怎么打篮球？快剪吧！”

他的双手在颤抖，不过他还是顺利完成了她的要求，因为那把剪刀确实很好用，刚刚碰到东西就可以把它轻松剪开了。不一会儿，墙上就挂起了一个篮子。

“现在还差个球……”丝薇姨妈一边满意地说道，一边把鸡骨剪挂在高处的一个钩子上。

她把手伸进废物箱，拿出来了一个小狗玩的塑料刺猬，然后用自行车打气筒给它充气，把它变成了原来的两倍大。

接着，她弯下腰，把手尽量向下伸。她的手指竟然真的可以够到脚趾，这令菲利克斯感到愈发惊恐。她说：“热身一下。”菲利克斯不禁发出了一声短促的傻笑。

她又站了起来，低头打量着他，说道：“我们开始吧？还是你想先喝瓶汽水？或者吃点饼干？”

菲利克斯摇了摇头。她把刺猬塞进他的手里，示意他用它来投篮。没有练习，现在就要进球！或许他真的会成为一名了不起的篮球运动员。丝薇姨妈上下跳跃着，接球，再迅速抛扔。她打得真不错，这激起了菲利克斯的兴致。他不得不把注意力从那些蔬菜转移到篮球上面。这次游戏变成了一场真正的派对。他显然比丝薇姨妈更擅长控球，但她的投篮一点儿也不差，尽管她确实有身高优势，可以直接够到篮筐。每当他进球，她都会慷慨地称赞他，就连罐子从架子上掉下来也没有生气——那是个装着嫩韭葱和鼠尾草的罐子。

“暂停！”丝薇姨妈喊道，同时做出了正确的手势。

“一点儿小意外而已，”她把玻璃扫到一起，平静地说道，“没事儿，

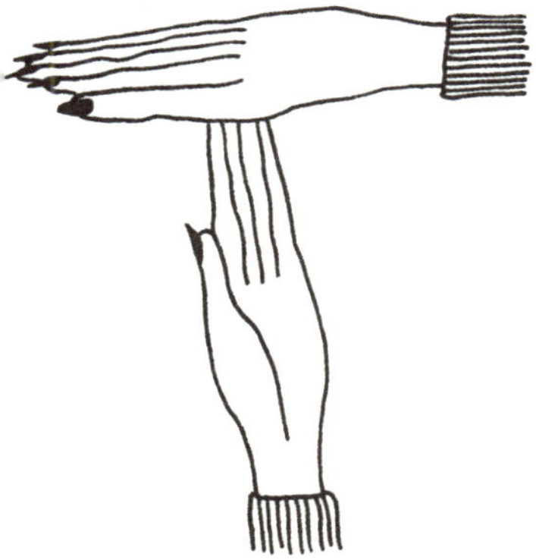

我有的是罐子。”

尽管那个篮子有点宽，还比允许的高度低一米半，尽管他们的刺猬并不完全符合规定，尽管没有画着白线的橡木地板，只有滑溜溜的混凝土地面，尽管他的对手没什么体育精神，尽管他们几乎违反了所有比赛规则，但他们还是打了一场真正的比赛。想要赢过丝薇姨妈可不容易。地下室很宽敞，他们可以在里面自由移动。现在丝薇姨妈的脸也涨成紫色了，在明亮的霓虹灯管下，她看起来几乎在发光。突然，她抓住了他的胳膊。

“嘘！”她说，“你听到了吗？”

楼上响起了钟声，那是四声欢快的长音，像一条在山间奔流的小溪，而不再是一根装满老鼠尸体的下水管道。那是他的杰作，菲利克斯感到高兴极了，甚至忘记去想现在已经几点钟了。他和姨妈从楼梯爬上去，坐在厨房里。他们先喝了两杯水，然后把一个小苹果削成片，把一个香蕉剁成块，把三个橘子掰成四瓣，而两只小狗则分食了一个梨。

“被杀掉的水果确实更好吃。”菲利克斯的话把丝薇姨妈逗得放声大笑。那不是来自巫婆的恐怖笑声，而是和他妈妈一样的爽朗笑声。

16:17

“汽水时间到啦。”丝薇姨妈说。

菲利克斯努力回想着他去年摔到脑袋时妈妈不停重复的那句话:“一定会好起来的。”

他们并排坐在印花沙发上。他吸了一小口汽水，除了甜味没什么别的味道，也尝不出气泡。要很仔细地听，才能听见里面的冒泡声。

然后他命令自己不许再想任何关于汽水的事了——这和去年很不一样。去年他不仅在意汽水，还很在意饼干。

两只小狗静静地躺在他们脚下，就像一双忠实的拖鞋。丝薇姨妈拿出一副纸牌。他们玩得很开心，菲利克斯赢了两次。

“这游戏全凭运气。”他说道。每过一刻钟，时钟都会发出一阵轻微的声响，好像有人在他们耳边眨眼一样。接着他又玩了几把单人纸牌游戏，而丝薇姨妈拿出了一个放着老照片的盒子。菲利克斯的姨妈和妈妈被一条毛巾包在一起，妈妈那时候连牙齿还没长呢。

丝薇姨妈叹了口气说：“哎，时间都去哪儿啦。”

反正肯定不在这里，菲利克斯想。他已经忘记了所有关于小时和分钟的事情。

“要是你想在天黑之前赶回家，你就该走啦。”她又叹了口气说道。

他从走廊里拿起大衣，摸到了里面的贺卡。

“她的生日！”他想，“我把这事儿全忘了！”

他从大衣口袋里拿出贺卡。

“生日快乐，丝薇姨妈。”他没有省略一个字，完完整整地说道。

“谢谢你。不过你都这么大了，现在还做这种卡片是不是有点不合适了？”

菲利克斯在心里暗骂自己为什么没做点更好的东西。她又给了他一百块钞票，说道：“这卡片真可爱，但是明年不用再为我费这份心啦，好吗？”

明年？

“一年太长了，”菲利克斯想道，“十二个月，漫长的三百六十五天，每天都有二十四个小时，更不要说有多少分钟了。如果这片时间的海洋里没有拜访丝薇姨妈的机会，那感觉一定会非常难熬。”

他一边向她挥手，一边踏着钟声走向车站。

丝薇姨妈也向他挥手：“如果你有时间的话，随时欢迎来这儿玩哟！”

他喊道：“我会找时间的！”

1月

27

星期天

时间=血液

时间就在你的嗓子眼儿里。它在你身体里奔涌，就像血液在血管里流过。

时间会带来美好的变化。